문학과지성 시인선 633

모루도서관

윤후명 시집

문학과지성사

문학과지성사에서 펴낸 윤후명의 시집

명궁(1977)

문학과지성 시인선 633

모루도서관

펴낸날 2026년 5월 8일

지은이 윤후명
펴낸이 이광호
주간 이근혜
편집 윤소진
펴낸곳 ㈜문학과지성사
등록번호 제1993-000098호
주소 04034 서울 마포구 잔다리로7길 18(서교동 377-20)
전화 02)338-7224
팩스 02)323-4180(편집) / 02)338-7221(영업)
대표메일 moonji@moonji.com
저작권 문의 copyright@moonji.com
홈페이지 www.moonji.com

ISBN 978-89-320-4526-9 03810

문학과지성 시인선 633

모루도서관

윤후명

시인의 말

먼 길을 가야만 한다
말하자면 어젯밤에도
은하수를 건너온 것이다
갈 길은 늘 아득하다
몸에 별똥별을 맞으며 우주를 건너야 한다
그게 사랑이다
언젠가 사라질 때까지
그게 사랑이다

윤후명, 「사랑의 길」(2012)

모루도서관

차례

시인의 말

어머니의 정화수 1

저세상의 어머니는 아직 강릉에 계신다
이모들도 외삼촌들도
그 어디에 오간다
이웃집 소꿉동무도 그 귀머거리 할머니도
모두 골목길을 지키고 있다
전쟁 때문에 모든 게 옛적에 멈춰 있는 것일까
아니다
어린 나도 부지런히 어디론가 오간다
그리하여 어머니의 마을을 떠돈다
어머니는 새벽마다
뒤란 정화수 속 대관령에 기도하며
나를 바라본다
그래서 나는 강릉을 떠난 적이 없다
남대천도 떠난 적이 없다
하물며 호랑이 산신령님까지 모시고
물푸레나무 신목(神木) 가지를 꺾어 들고
어디론가 오가고 있는 것이다

새와 별과 시의 마을에 살다

화가 한생곤(韓生坤)은 내게
「팔색조 초상화」와 「모든 별들은 음악소리를 낸다」라는
그림을 그려 주었다
검은 하늘 검은 마을에 무수한 별들이 반짝이며
여덟 색의 새들을 날리고 있다
게다가 그는 내게 별들을 마음대로 그려 넣으라고도 했다
그는 '콕, 콕' 찍으면 된다고 했는데
어려운 노릇이었다
그래도 새와 별 들이 내 하늘에 가득했다
나는 그 산기슭 마을에 살며
오늘도 밤하늘의 별들을 타고 다닌다
별들이 새가 되는 마을에서
새를 타고 나는 비로소 시를 꿈꾼다

우등불을 찾아서

만주 땅을 여러 번 오가던 시절
송화강 목단강 물결 소리가 아직도
내 귓전에 울린다
어느 날 하얼빈에서 밤새 달려오던 셴양까지 먼 길
나는 달빛보다도 우등불 덩이를 보고 싶었다
광복군 이범석 장군이 말한 그 불빛은 어디서도 볼 수
없고
어둠 속 먼 산맥 아랫마을 집들의 불빛만 반딧불이처럼
깜박이고 있었다
해방 전에 만주에서 신혼살림을 했다는
아버지 어머니의 마가리 집도 저곳이었을까
자동차는 달빛을 우등불 삼아
수수밭 옥수수밭을 지나
아득한 만주 땅을 달려가고 있었다
머얼리 만주 벌판만 펼쳐지고 있었다

2024년 폭설
—정태언 소설가에게

눈이 많이 오는 날
소설집 『시베리아, 그 거짓말』 표 4 원고를 쓴다
강릉 왕산 41센티미터 폭설
뉴스는 전하고 있다
그러니 시베리아가 어디더라?
나는 러시아 우리 동포 미하일이 이사 갔다는
예카테린부르크를 찾는다
우랄산맥 기슭이라고 했다
이 겨울에 그런 곳에?
언젠가 여우 사냥을 한다고 달려갔던 그 북쪽 겨울 길
눈은 매일 빠짐없이 내렸다
그리고 얼음 창(槍)으로 얼음을 두드리며 호수를 건넜지
오두막집 틈새를 툰드라 이끼로 틀어막고
양말을 세 켤레나 껴 신고
거짓말 같은 시베리아를 지났다
정말 거짓말 같은 인생이었으나
어디에도 거짓말은 없었다

버림받은 사람

지난해에는
뻐꾹새 소리도 못 들었다
일명 '홀딱벗고 새'라고 한다는 소쩍새 소리도
못 듣기는 마찬가지였다
이 무슨 일이냐고 혼자 곰곰 속상한데
못 들은 소리뿐 아니라
못 본 모습들도 하나둘이 아니다
곤줄박이 역시 그렇다
그뿐인가
떠나간 사람들은 다 어쩌란 말인가
새들뿐 아니라 사람들도 어디론가 사라져
나를 버렸구나
이제는 내가 나를 버릴 차례인가
모든 것은 여전히 아름답게 비치는데
버림받은 사람이 될 차례라니
마침내 모든 것이 나를 버리는가
이렇게 될 걸 모르지 않았건만
나는 어디로 버려지는가

조팝나무

조팝나무에 조르르 꽃 맺힐 때
좁쌀밥 흩뿌린 감자 끼니가 다가온다
입쌀밥 한 숟가락 보이지 않지만
오늘은 무슨 날일까
나는 감자를 으깬다
좁쌀밥을 살살 흩뿌려놓은 감자 몇 톨
좁쌀밥도 늘 뿌리는 게 아니다
그런 날이면 어머니는 나를 살핀다
나는 말없이 감자를 으깨 먹는다
좁쌀 알갱이가 숟가락 여기저기 묻어날 뿐이다
이제 나이 지긋해 조팝나무꽃 핀 길을 가며
흐드러진 조팝의 세월을 바라본다
어머니, 지독한 저 세월이 이토록 아름다웠다니요
흩뿌린 조팝이 이토록 아름다웠다니요

강릉 읍사무소 앞길

봄눈 내리는 날
강릉 읍사무소 앞길을 지난다
읍사무소라는 이름도, 옛 풍경도 남아 있지 않고
딱콩딱콩 총소리는 어디선가 들려오는 듯한데
낯설기만 하다
그 밤에 우리에게 온 새아버지
언젠가 내가 고마움을 말하려 했지만
그 뒤 그는 58세에 군사혁명 뒷길에서 사라졌다
나의 신춘문예 상금으로 묘지를 마련했을 지경이었다
봄눈 내리는 강릉 읍사무소 앞에 서서
그 밤의 육군 중위를 떠올린다
함경도 북청 물장숫집 아들
회초리를 들고 나를 가르쳤고
전쟁 때 군용 지프차로 경포대에 데려가기도 했다
그리고 중령까지 되는가 했더니
그만 세상을 떠나버렸다
봄눈 내리는 강릉 읍사무소 앞길

두둥실 두리둥실

'두둥실 두리둥실 배 떠나가네'*
노래에서 배는 달맞이를 하러 강릉으로 간다
나는 밤바다에 나가 수평선의 어화(漁火)를 바라본다
달맞이보다도 고기잡이를 하는 배들의 불빛
하기야 달 뜨는 밤이면
달맞이를 하기도 하리라
그러나 무엇보다 어부는 그물과 씨름하고 있다
어떤 물고기를 잡고 있는 것일까
오늘은 달도 뜨지 않는 밤
나는 바닷가에 앉아
고깃배의 불빛으로 달빛을 가늠한다
'두리둥실'이라는 후렴이 파도를 타고 있는데
멀리 뱃사람들의 그림자가 수평선에 뜨면
캄캄한 밤의 달맞이를 하는 날이었다

* 함효영 작사, 홍난파 작곡, 「사공의 노래」, 1930년대 중반.

윤동주문학관
―자하문고개 2

자하문의 윤동주문학관에 가서
연변 용정에 있었던 나무 테두리 우물을 들여다본다
내가 태어났을 때 그는 이미 일본군에게 죽임을 당했다
우물 속에는 아무것도 없었다
시인이 들여다보며 자화상에 연민을 느꼈다는 우물
시멘트 바닥만 있을 뿐이었다
내 나이 어느덧 팔순을 바라보는데
대학 때 그의 기숙사 방을 돌아본 기억만 되살아났다
시집『하늘과 바람과 별과 시』필사본은 어디로 갔을까
한때 어찌 나는 문학관이 있는 이 동네에 살았을까
어쩌면 본래 우물이 있던 용정을 바라보고 있었을까
부암동을 떠나온 지 어언 30여 년
지금도 나는 용정 먼 길을 돌아
자하문고개를 넘어 다닌다

                          *

아내가 이끄는 대로 문학관 뒤 윤동주 시인의 언덕에
오르다가

광대나물꽃 무더기를 보았다
그러자 그 옆에 봄까치꽃도
한 무더기 나타났다
어느 해인가 경주 감은사 터에 가서 처음 본 꽃
둘 다 진주의 처가에서 캐 올 수 있었다
김형영 시인이 내게 묻던 이름
뜻밖에 붉고 푸른 꽃이 무리지어 피어 있구나
어쩐 일인가, 얼마 만인가
형영은 저세상으로 어이 갔단 말인가
봄꽃의 영혼이 내게 와서 새봄을 맞이하며
아내에게 아픈 몸을 기대고
꽃 만남을 기념하는 뜻을 새기고 있었다

차마고도의 나귀
—자하문고개 3

젊은 날 술을 그렇게 퍼마신 내가
이날까지 살아 있는 것은
예전에 고개를 넘어 다니던 그 나귀 덕분일 것이다
강원도에서 나를 이끌고
여기까지 온 아마도 차마고도의 나귀
비단길 비탈 고갯길 아롱아롱 지나며
내게 짐꾼의 모습을 보여준 그 나귀
그러니 아직도 더 가야 하는가 보다
그동안 티베트의 '얄룽' 물결은 압록의 '얄루' 물결이 되
었으니
그동안 나는 얼마큼 '나'가 되었을까
그래서 삼수갑산쯤에서 어느 시인한테
흰 당나귀도 말했을까
개구리 울음소리 어디선가 들리랴 귀 기울이며
곤줄박이 한 마리라도 드디어 날아가랴 기다렸던 나날
서울 서촌에서 마지막 만난 미당, 목월 시인을 기다리며
이제는 영영 사라졌을 나귀와 함께
오늘도 자하문고개를 넘는다

나귀의 길

나귀가 길을 가고 있다
어디에서 어디로인지 모를 길이다
나귀는 나를 이끌어
어디론가 데려갈 것이다
내가 모르는 길
그러나 나는 일찍이 그곳을 바라보고 있었다
바위는 울퉁불퉁
나귀의 발굽은 그걸 밟으며
나를 이끌어 가는 것이다
살길을 찾아 울퉁불퉁을 제 길로 만드는
방법을 나귀는 알고 있다
내가 술을 끊고 폐쇄 병동에서 나온 힘이다
이부영(李符永) 의사는 마방이 되어
앞에서 나를 불렀다
글 잘 쓰라는 격려와 함께
중국, 티베트, 인도까지 이어진 비단길의 노랫소리
나귀를 따라가는 나
전쟁 뒤 풋마늘 한 줄기로 한 끼를 먹고 길을 가던
내가 아닌가
나중에는 나 스스로 나귀가 되어야 하리

폭설에 꽃망울 부풀었구나

우수가 지나 봄날 꽃망울들을 살피는데
느닷없이 '강원 산간 폭설 70센티미터'라는 일기예보
성산, 왕산 그리운 산마을
눈 속에 파묻힌다
하지만 매화, 진달래, 산수유, 생강나무, 목련, 히어리……
어느새 꽃망울이 부풀었구나
부풀었구나
고향 산마을에는 흰 눈이 펄펄 날린다니
'강원 산간 폭설' 예보만으로도
나는 눈 속에 온몸을 파묻는다
꽃망울들과 함께 눈을 담요처럼 덮어쓴다
봄 새라곤 직박구리 한 마리 아직 날아오지 않는데
그러니까 나도 저 폭설 속에 갇혀
아직은 움츠린 꽃망울이 되어 있는 것이다
고향 산마을이 되어 있는 것이다

반 고흐의 별하늘

프랑스 파리의 몽마르트르
신근수가 주인인 물랭호텔에 머물며 반 고흐를 찾아 나
섰다
지난 저녁 보졸레 와인의 여운 속에
아침 열차를 타고 오베르쉬르우아즈로 향한다
물론 중간의 퐁투아즈에서 한 번 내려야 한다
피사로의 퐁투아즈의 연인을 만나야 한다
언덕길을 오르는 작은 읍내
반 고흐가 피사로를 뒤따라가고 있다
강릉 '커피 축제'에 맞춰 커피 기계를 고르며
두 화가의 뒤에 선다
어둠이 내리기 전에 교회를 거쳐
담장에 둘러싸인 묘지를 보리라
고흐와 테오의 두 무덤
지금도 밀밭의 자고새는
두 영혼 사이를 날고 있는데
어느 결에 밤하늘의 별들이 내려오고 있었다
어서 고흐 하숙집 방에 가서
이 밤 휘황한 별의 하늘을 보리라

메아리

언제 메아리 소리를 들으려는가
온통 그리움으로 이루어진 소리
아직은 산봉우리를 살피기만 한다
언제 '송홧가루 날리는 외딴 봉우리'*에 올라볼 것인가
골짜기도 아득하여 눈을 돌린다
어디로 눈을 둘까 고개를 젓힌다
먼 첩첩산중으로 가서 메아리를 듣고자 했건만
온통 그리움으로 채워진 그 소리는
어느 날 그 어느 날
더한 그리움으로 켜켜이 쌓여만 가고
그대는 어디 있는가
그대여, 불러볼 텐데
기다림의 화답인 메아리를 언제 들을까
어느 날 그 어느 날

* 박목월의 시 「윤사월」에서.

풀밭 길

풀꽃 핀 풀밭 길로 가고 싶다
노란 꽃, 파란 꽃, 붉은 꽃 흐리게나마 피어
가끔 마주치는 길이기를 바란다
내 발길이 그 옆에 놓여
신발을 벗어놓을 길이기를 바란다
그동안 멀고 먼 길을 걸어왔건만
'이건 내 길'이라고 할 길은 어디에도 없었다
그렇다면 그 험한 길이 모두 '이건 내 길'이었던가
신발을 벗어놓고 그 길로 들어가고 싶었던 길
비밀의 문이 없어도
아무도 몰래 들어가 언제까지 있어도 좋을
풀밭 길로 가고 싶다
거기서 어디론가 사라져도 좋을
풀밭 길로 가고 싶다
'이건 내 길'로 어느덧 가고 싶다

굽쇠의 날들

몽골에서 나귀를 타고 간 풀밭 길은
중국에서 열차를 타고 간 돌사막 길은
멕시코에서 숲속으로 간 마야 언덕길은
프랑스에서 버스를 타고 간 겨우살이나무 길은
강릉에서 아픈 발을 끌고 간 강문 뒷길 냇가 길은
모두 내 굽쇠를 바꾸고 가야 마땅했다
나는 늙고 낡았는데도
아직은 밝았다
가엾고 가없는 데도, 덧없는 마지막 날들이
그토록 밝으면
어디에도 없는
이제는 어디에도 없는 날들도 그토록 밝으려나
굽쇠를 새로 바꾸고 가야 마땅했다

2024, 목월운(木月韻)

『경상도의 가랑잎』 시집과
여러 권 다른 책을 묶어 들고
서울시청으로 무겁게 가져갔었다
'서울시 문화상'에 올릴 책들
선생님의 심부름이었다
나중에 그해 수상 소식을 들었다

경상도 기계(杞溪) 땅을 지나며
선생님의 「기계 장날」 한 구절을 왼다
오늘 같은 날/지게 목발 받쳐 놓고/어슬어슬한 산비알
바라보며/한잔 술로/소회도 풀잖는가*
돌아가시기 전에 내게 들려온 전화 목소리
"니가 알아서 하그래이"
며칠 뒤, 겨우 며칠 뒤,
선생님 가시고 어언 몇몇 해런가
팔순을 바라보는 이 어느 날
선생님 심부름으로 기계장에 가서
내가 알아서 가랑잎 하나 보듬고 싶어라

* 박목월의 시「기계 장날」에서.

월인화랑

서울 서촌의 보안여관 옆 월인(月印)화랑
서정주, 박목월 선생님
사진이 걸려 있을 줄이야
아, 옛 모습 선생님들!
그 앞에 멈춰 서서 바라보았다
서정주 선생님의 진달래 꽃비 오는 서역(西域)*이며
박목월 선생님의 밀밭 길 나그네**며
잊을 수가 없는 것이다
저 정겨운 몸짓들은 어떠한가
내 젊은 날도 뒤쪽 어디에서 모습을 드러낸다
눈물 아롱거리던 '서역'의 '나그네' 되어
조장(鳥葬)을 바라보던 어느 날
그 어느 순간 내 살은 저며지며
나는 무작정 어디론가 떠나지 않았던가
'월인'은 '천강(千江)'에 내려와 무늬지고
나는 사랑을 말하고 있었다
그 풍경이 지금 서촌에 있는 것이다
아, 선생님들의 모습!

* 서정주의 시 「귀촉도」에서.
* 박목월의 시 「나그네」에서.

지심도의 팔색조

거제 조선소 근로자 기숙사에 머물던 나날
통통배를 타고 가곤 했던 지심도
초등학교 분교의 선생님 신혼부부를 만나는 것도
벼랑 아래 바위에서 바닷물고기를 잡아 올리는 것도
어디론가 먼 나라로 가는 외항선을 보는 것도
늘 새로웠다
몇백 년 묵은 동백나무의 굵기도 새로웠다
어느 날 옆집에 팔색조가 날아들어 와
방에 가두었다고 했다
천연기념물 204호라는 그 새는
빨강, 파랑, 노랑, 검정 등 색깔이 또렷했다
그 뒤로 다시 가까이 본 적은 없어도
날아든 모습만은 그 색깔만큼 또렷했다
그 또렷함에 나는 새 삶을 마음먹고
섬을 떠났던 것이다
그리하여 여객선 올림픽호(號)에 올랐던 것이다

이상(李箱)과 구보(仇甫)

안국동에서 경복궁을 거쳐 영추문을 지나
통의동 보안여관 옆 골목으로
이상과 구보도 지나갔을 길
3월 초에 산수유꽃을 본다
그대는 꽃 사진을 찍는다
드디어, 드디어, 드디어,
꽃 피는 봄,
그렇게도 손꼽아온 봄,
살아가기를 기다려 살아갈 힘을 얻으려고
병든 몸으로 기다렸다
봄꽃의 전령인 영춘화, 생강나무꽃, 미선나무꽃
함께 꽃 숨을 받아들이고 싶었다
그러나 이상은 '날개'를 달고 일본으로,
구보는 '천변(川邊)'을 거쳐 북쪽으로 가버렸구나
두 친구의 운명이 이렇게 갈라지다니
나는 봄꽃에서 두 친구의 만남을 이뤄보려고
어즈버 허위단심 강릉에서 먼 길을 왔느니
도대체 이 일을 어찌할꼬

광활한 우주 속으로 간 박정만 시인
—2024년, 36주기를 맞이하여

우리는 동갑인데
정만이 그대는 마흔두 살에 가고 말았구나
나는 사라진다/저 광활한 우주 속으로.*
두 줄짜리 시도 남겼구나
내게 술 조심하라고 한마디하더니
그다음 주에 세상을 떠난 박정만 시인
안산 시화호의 무인도에 새벽 배로 몇몇이 가서
그대를 마지막 보냈으니
그대를 실은 배는 지금도
저 광활한 우주 속으로 가고 있겠지
그대와 시를 이야기하던 시간들이
저 광활한 우주 속으로
별처럼 영글어가고 있겠지
패티 김 노래를 잘 부르던 정만이 그대
지금도 여전하겠지

* 박정만의 시 「종시(終詩)」에서.

가막살나무
—인천에서 4

인천의 '소주한병' 소설가들과
연안 여객선을 타고 간 섬에서 가져온 가막살나무
해마다 하얀 솜보풀 같은 꽃을 피운다
영화 「섬마을 선생」을 찍은 곳이라고 돌아보고
얻어 온 어린나무가 어느새
크게 자라 꽃을 피운다
해마다 봄꽃을 피우면
섬을 보는 듯 여긴다
올해도 눈송이가 꽃자리에 앉은 모습에서
황해의 외로운 섬을 바라본다
섬은 외로움을 덜어 가기에 언제나 가려는 곳
그러기에 아무리 늘그막이라도 한 송이 꽃을 들고
그 그늘 어디에고 서고 싶은 것이다

'한국돈황(敦煌)실크로드학회'로 가다

'한국돈황실크로드학회'의 초청을 받아

함께 여행을 하고 회원이 되었다

외국에서 첫 행사라고 했다

내가 소설집『돈황의 사랑』을 펴낸 인연이었다

나는 그들과 함께 먼 길 둔황에서

나의 편력을 이야기하고

양꼬치 안주에 술도 퍼마셨다

명사산(鳴沙山)에도 오르고

막고굴(莫高窟)에도 들어가고

여러 학자들과 사귀는 계기가 되기도 했다

혜초(慧超) 스님의『왕오천축국전』을 이야기하고

스님이 시안(西安)의 대자은사(大慈恩寺)에 머물며

현장(玄奘) 스님을 도와 경전을 번역한 이야기도 했다

몇 권의 책을 읽고 간 덕분이었다

어느덧 둔황의 밤이 이슥해지고 모두 뿔뿔이 흩어지자

나는 미당(未堂) 선생님의 '서역 시'를 읽으며

작은 주파(酒吧) 술집에 홀로 앉아

밤을 새우다시피 하고 있었다

버팀목

연리지가 되어
서로 기대고 있는 나무가 있다
버팀목이란 저런 모습일 것이다
바라는 삶의 모습이 저럴 거라는 믿음도 있다
우리는 그 힘으로 살아
이 삶을 이루었는지도 모른다
그것이 자연이었구나
숲을 가며 생각을 해본다
혼자 사는 나무가 없듯이
작은 봄꽃 한 송이도 그 힘으로 살아왔구나
그리하여 나는 숲속에 서서
내 삶을 바라본다
아마도 사막도 지나고 아마도 초원도 지나
그리하여 이제 여기까지 왔다고
까닭을 매기고 싶은 것이다

짚풀의 시절

짚풀 달걀 꾸러미를 들고
아버지 따라 고개 넘어가던 어린 시절로 가고 싶다
한 발짝 한 발짝 걸음 옮기던 그 저녁
낮에는 그 짚풀로 이엉을 잇던 집
뒷방에서 나는 공책을 펴고 무엇을 적었는가
고개를 넘어가 선생님께 큰절을 올리고
펴 든 공책
지금도 내 눈에 읽힌다
'순이야 철수야
달 달 무슨 달'
이웃 아저씨가 새끼를 꼬아 만든 달걀 꾸러미
새 학교로 가려고 고개를 넘었다
그 발걸음으로 내가 들고 간 달걀 꾸러미
이제껏 내 손에 들려 있는 달걀 꾸러미

미하일이 살아온 길

러시아의 '고려인' 화가 박미하일
인사동의 화랑에 가서 그의 그림을 본다
이제 한국에 귀화한 것을 기념하는 전시회였다
우즈베키스탄에서 태어나 타지키스탄에서 미술대학을
다니고
카자흐스탄에 살 때 우리는 만났다
그리고 함께 키르기스스탄의 이식쿨호에 간 이야기를
소설로 써서 나는 이상문학상도 탔다
벌써 30년이 넘은 그 세월
도대체 몇 나라나 돌며 산 것인지
그러고도 소련이 무너져 러시아 사람이 되더니
한국에 와서 귀화를 한 것이었다
언젠가는 바다를 못 보았다는 그를 데리고
동해안으로 가기도 하지 않았던가
지금은 우랄 지방 예카테린부르크에 집도 마련했다는
그의 그림을 보며 나는 말할 수밖에 없는 것이다
"삶이란?!"

순정공과 수로부인

강릉 태수 순정공을 아는가
그의 이름을 들은 지는 오래되었다
그러나 만나지 못하고 긴 세월을 보내다가
어느 날 정동심곡 바다부채길을 지나서
벼랑 위의 꽃을 보는 순간
바다를 바라보며 아내를 부르는 그를 보았다
그러자 바다에서 용이 나오더니
아내 수로부인이 나타난 것이다
나는 놀라움에 휩싸였다
순정공이여 수로부인이여
세상의 모든 부부여
그리하여 나는 이들 부부를 만나려고
옥계의 벼랑 쪽으로 가고 있으니
이와 같을진저 이와 같을진저
사랑이여

외할아버지의 가르침

외할아버지는 옥계광산에서 일했다 한다
서울에 올라와 노량진에 살며
암으로 누워 앓았던 외할아버지
나는 그 집에 드나들며 시중을 들곤 했다
지금 옥계의 헌화로를 가면
아픈 몸으로 나를 맞이하는 외할아버지가 있을까
어쩌면 '헌화가'의 그 소 끄는 노인이 된 게 아닐까
언젠가 갔을 때도 광산 아랫동네를 가며
외할아버지를 찾았다
외할아버지는 여전히 노량진에서
암과 함께 있을 뿐이었다
석호(潟湖)를 지나 묵호(墨湖)까지의 헌화로
나는 외할아버지의 무릎 아래
벼랑의 진달래꽃 한 송이 놓고 싶었다

엉겅퀴와 새

마로니에공원의 문예진흥원에 출근하던
삼십대 중반의 객원 편집원
나는 『민속예술사전』을 만들고 있었다
그로부터 40년이 넘은 오늘
'학전' 일 때문에 그곳에 간 아내는
뜻밖에 내 그림 「엉겅퀴와 새」를 보았다고 했다
회의실 벽에 걸려 있는 그림을
디카 사진으로 보여주었다
"저 그림이……"
나는 놀랐다
언젠가 '민예총' 행사에 내놓은 그림을
문예진흥원에서 사 간 것 아닌가
나는 다시 눈여겨보았다
그때 권영빈 원장이 직접 사 간 그림
"그 그림이…… 저기에……"
"엉겅퀴와 새"라고 제목을 붙이던
나도 옆에 어른거렸다

소쩍새 울음소리

골짜기 저쪽에는
북한산 산신제를 지내는 산신각
그곳에서는 요새 소쩍새가 운다고 누군가 알려주었다
이쪽 동네에는 언제부터인가 잘 오지 않는 새
오늘 줄장미, 인동꽃, 말발도리꽃 환해도
봄밤 하늘이 어둡기만 하다
이때면 내 혼령은 오로지 소쩍새의 것
소쩍새 울지 않는 곳에서 나는 무엇을 하려는가
봄은 그렇게 가고 있는가
게다가 오늘은 성춘복 시인 선생님 가신 날
한때 나는 선생님 모시고 『새마을』을 내며
단보당 쌀 생산량을 익히지 않았는가
'소쩍'이 '솥이 작다'고 우는 소리라던
그 굶던 시절을 더욱 그립게 하는
소쩍새 울음소리

자멸파(自滅派)의 밤길

김윤식 평론가는 나를 자멸파라 이름했다
내 어디가 어떻게 자멸을 말하고 있는지
나는 모른다
자멸이 아름다울 수 있는가, 나는 묻는다
묻는 것이 내 문학이 된다
나는 내게 물음을 던지며 밤길을 간다
물음이 문학이라고 나는 내게 말한다
그래서 자멸파가 되는 것인가
나는 내게 답을 줄 수가 없다
그러므로 자멸파가 될 수밖에 없는가
어두운 밤길이 될 수밖에 없는가
어느덧 나는 자멸파가 되어
이 밤길을 헤쳐 가야 하는가
산을 넘고 들을 지나 어느 날 여명에
'그토록 정하다는' 우물물 긷는 누군가 만나
내 갈 길 묻게 되기를

모루도서관

어느 날 '모루도서관'으로 특강을 갔다
강릉의 중앙도서관이었다
들어서기 전에 나무 그늘에 앉아
'모루'가 무엇인지 생각했다
예전에 대장간에서 흔히 본
받침쇠 아니었던가
쇠를 녹여 그 위에 올려놓고 두드리던 그 누구
내 이웃 그 누구
뜨거움에 땀 뻘뻘 흘리던 그 누구에게
무엇인가 배우고 있었던가
나는 특강에서 그것을 말하고 싶었다
그러니 내 삶에서 모루는 무엇이었던가
여러 농기구를 벼르기도 했다
호미, 곡괭이, 쟁기 들이 내 삶을 지나가고 있었다
전쟁과 혁명에 피 흘리며 쓰러지던
군인과 학생도 보았다
드디어 ㄱ, ㄴ, ㄷ, ㄹ, ㅁ……의 행진……
나는 시인이 되었다
그 밑을 모루가 받치고 있는 것이었다

작은도서관의 역사

최명희 시장이 기획하여 만든 '작은도서관'
나는 2016년 명예 관장이 되어 서부시장 안의
'문화작은도서관'으로 들어갔다
옛 문화원에 자리하여 붙여진 이름이었다
KTX도 아직 없던 시절에 버스를 타고
세 시간이든 네 시간이든 서울에서 오갔다
돌아보면 오랜 세월 전 어린 나의 놀이터였던 곳
전쟁 때도 나는 관아 앞 객사문 아래서
흙장난을 하며 지내지 않았던가
그리고 어언 70여 년이 흐른 것이었다
그 세월을 지나 문학을 이야기한다고
고향에 발을 디딘 나
'산천은 의구하되' 가버린 이들은 '가이없다'
이웃집 소꿉동무 세화야
너는 전쟁 중에 남녘 어디서 가버리고 말았다지
명예 관장으로 그렇게 4년 반을 지냈다
그러다가 갑자기 들이닥친 역병(疫病) 코로나19
도서관은 문을 닫고야 만 것이었다

창포다리를 건너서 1

이번 단오제에도 어김없이
무녀(巫女)의 무가(巫歌)에 홀려들었다
물론 어머니의 그네를 바라보면서였다
성낙중(成樂仲) 조각가가 마무리를 짓는
내 '시경루(詩境樓)'*에 책장을 들여놓고
남대천 물결에 흐르는 굿소리를 듣는다
이것이 인생이었구나
물결도 무가에 일렁이고 있다
나는 무엇인가 몇 글자 적어놓고
'78강(江) 병중작(病中作)'**이라고
추사를 흉내 내려는 것일까
이제 78세까지의 지난날을 펼치며
추사 대신 어머니의 치마꼬리를 잡고 있는 내가
단오 장터를 헤맬 뿐이다
신주(神酒) 막걸리 한잔을 걸치고
나는 아내의 소맷자락을 붙잡는구나
이것이었구나, 인생이여
창포 달인 물에 흐르는 남대천 물결이여

* 유홍준 선생의 추사 글씨 '시경루' 탁본이 내게도 있다.

** 추사는 봉은사의 수장고에 '판전(版殿)' 편액 글을 쓰고 '七十一果病
中作'(71세에 '과천'에서 쓴 '병중작')이라고 했다. 그래서 나는 과천의 과
(果) 자리에 강릉의 강(江)을 놓는다. '강릉 별빛' 혹은 '도롱이 등대'라는
다른 이름도 지었다.

창포다리를 건너서 2

남대천에 시퍼렇게 자란 창풋잎이
예전에 어머니가 삶아 머리를 감던 그 창포 줄기일까
나는 다리 위에 서서 물결을 바라본다
저녁놀이 내릴 무렵
강릉 처녀들이 머리를 감으려고 삶던 그 풀
어머니가 나이 먹어서도 이름 부르던 그 풀
내 귀에 못 박혀 자라던 그 풀
나는 저 어디쯤에서 돌 징검다리를 건너곤 했지
그것이 남대천이었지
그럴 때면 어디선가 호랑이가 나타날 듯
나는 대관령 쪽으로 눈길을 던지곤 했지
그러면 어김없이 호랑이가 나타나
산신령으로 변하곤 했다
병석에 누워 내 손을 잡고 이게 네 손이구나
창풋잎을 잡던 옛 손힘으로
내 손을 붙들고 있던 어머니

귤의 시간

'작은도서관'에 갈 때마다
서부시장 좌판에서 사는 귤 한 알
그 좌판이 전쟁 때의 경포 모래밭이 되는 순간
나는 귤 한 알을 앞에 놓고 입을 열었다
따라서 도서관의 문학 시간은
귤의 시간
앞바다의 어느 나라 병원선에서 흘러나온 귤은
문학을 풀어내는 열매
나는 그 속에 들어 있는
『천일야화(千一夜話)』를 이야기하려 했던 것일까
군용 담요를 타고 날아간 곳
모든 인연 속에 나의 태어남이 자리 잡고 있었다
설화 속에 사랑이 있었다
귤 한 알이 나를 이끌어 가는 그 세계
4년 반이 그렇게 흘러가고 있었다

동리 선생님 모습

황충상 소설가가 '김동리기념사업회' 회장이 되어
'문학 추모제'를 열며 내가 그린 그림을
플래카드에 쓰겠다고 한다
나야 1960년대 후반에
내가 다니던 학교도 아닌 서라벌예술대학 학생회실에
서 잠자며
그 아래 미아리 길음시장의 밥을 붙어먹었으니
동리 선생님 기리는 데 여부가 있겠는가
명절마다 댁에 가서 술잔을 받아 들었고
그리고 무엇보다 소설 「등신불」을 읽은 뒤
나도 소설을 쓰겠다 마음먹지 않았던가
이제 팔순을 앞두고
「등신불」 그림을 다시 보니
동리문학상을 받은 보람 역시 새삼스럽다
이에 그림을 펼치옵나니
선생님, 고이 잠드시옵소서

그리운 벌레들

곤충 채집통에 벌레들이 들어 있다
풀무치, 여치, 베짱이, 풍뎅이, 메뚜기, 방아깨비, 무당
벌레……
이들이 여기 있다니
여름이 되어도 보기 어렵던 벌레들이었다
그리운 풀벌레들의 정겨운 이름을 외워본다
함께 사는 세상
어제오늘이 아니지 않는가
하지만 어느 해부터 보기 어렵던 그들
그들은 사라진 친구들처럼
이 세상에 이제 없는가
그들을 찾아 풀밭을 거쳐 콩밭까지 들어간다
누구는 벌써 치매를 앓는다는데
벌레들도 그래서 어디를 헤매고 있는 것일까
아픈 몸 뒤뚱거리는 걸음걸이로
벌레들의 그리운 이름을 불러본다

오징어 배를 탄 랭보

강릉 밤바다에서
이상(李箱)을 읽고 랭보를 읽는다
아니 그들의 실체를 더듬는다
못 읽는 것인데 척할 뿐인가
오생근 교수는 어쩔 셈으로 랭보를 번역했는가
랭보의 17세 나이를 내게 보여주려고?
내가 성균관대 백일장에서 상을 탄 나이
그래서 랭보는 밤바다에서 「취한 배」를 타고 있는가
그러다가 나중에 에티오피아로 가서
절뚝거리며 춤을 추었는가
시를 이해하려고 한 것부터가 잘못이었다
오징어 배에서 오징어 먹물이 쏟아지고
삶은 검게 물들었다
강릉 밤바다에서
먼 오징어 배 불빛을 바라보면
다른 나라가 있다
죽은 사람들의 얼룩이 오징어 먹물에 적셔진다
17세에서 지금 77세까지
60년 세월이 먹물 속에 물들어 있다

파꽃 피는 고개

다시 파미르고원을 넘으며
파꽃을 본다
김춘수 시인은 돌아가셨지만
그 발자취에서 10년 만에 파꽃이 핀다
먼 옛길을 지나온 '호(胡)의 한 부족'은
파를 뜯어 먹으며 지금도 고개 아래
오체투지의 '누란(樓蘭)' 깃발을 날린다
거기 돌무덤 하나가
새를 키우며 바람 소리를 담고 있었다
새를 타고 가려면
내년 팔순(八旬)까지는 기다려야 한다고
파꽃이 지고 있는데
'타고동동(打鼓冬冬) 타고동동(打鼓冬冬)'*
타령조(打令調)가 아련히 들려오는 고개 아래
외딴 주막집 한 채
마유주(馬乳酒) 한 잔

* 김춘수의 시 「타령조」에서.

히말라야의 소금물

박영석 등반대장은 안나푸르나 남벽 눈 속에 묻히고
젊은 아내가 대신 상을 받았다
"오늘 같은 날은 정말 그가 보고 싶어요"
수상 소감이었다
문학을 심사하고 그 자리에 끼여 있던 나는
까마득하기만 했다
찾지 못한 박 대장의 발자국 소리가 들려온다
강물은 더 깊이 더 멀리 굽어 흐르고
새댁은 눈물짓는다
소금을 등에 실은 나귀는 히말라야를 돌아가는데
그 소금물 같은 울음일 테다
눈 속에 묻힌 사람 있다고
나는 소리 없이 소리 지른다
『사람과 산』 홍석하 사장이
카라코룸하이웨이를 돌아와
이리 뛰고 저리 뛰던 그때 그 시절

동춘서커스

단오장에서 동춘서커스 큰 천막을 본다
도대체 얼마 만인가
어느 도시, 어느 저물녘 풍경이었나
언젠가 러시아에서 보았던 북한 서커스도
머리에 떠올랐다
너울너울 큰 포장
저 앞에서 원숭이에게 옷깃을 붙잡혀 할퀸 적도 있었지
여전히 은성한 저녁을 기다리는 크나큰 천막
볼 수 있다는 것만으로도 가슴이 뛴다
지금도 서커스 소녀는 식초를 들이켜고
나긋나긋 몸을 오그려뜨릴까
언젠가는 모두들 들어가 앉은 천막 밖을
홀로 맴돌며 맴돌며
둥둥둥 안에서 들려오던 북소리에
왠지 얼굴 붉히며 둥둥둥
늦도록 원숭이처럼 얼굴 빨갛게 적시던
그날 저기에 있어라

마지막 언덕길
—2024년 김민기 영전에

장맛비가 오르내리는 날
일흔셋 그대를 보낸다
처음 만났을 때 우리 아직은 젊어
우리의 만남은 아침이슬처럼 맑고 영롱했었지
그로부터 '학전'과 함께 늘 우리 곁에 있던 그대
때맞춰 관람권을 보내오던 그대
갑자기 아프다던 게 엊그제 아니런가
숨어 있다가 무대 한구석 어디 나타날 듯한데
다섯 살이나 밑인 그대가
불현듯 '나 이제 가노라'라며
야속하게 '광야'로 영영 떠나가다니
나 역시 어디론가 가야 하는데
빗발 날리는 언덕길을 넘어
우리 부부는 어렵게, 어렵게, 어렵게,
걸음을 옮기고 있을 뿐이다

등대

방파제 끝에 등대는 외롭게 서 있다
먼바다 어둠 속에서 돌아오는 배들에게
이곳이라고 가르쳐주려고
등대는 빛을 비춘다
바다로 뻗어 가는 한 줄기 외로운 빛이
길을 만든다
나는 많은 용골(龍骨)들의 항구를 지나
등대 불빛의 길을 찾는다
그러므로 외로운 길이다
방파제 끝으로 가려면
외로움을 벗해야 하는 까닭이다
방파제의 끝에서 등대를 오르며
한 줄기 빛을 내게 끌어들인다
멀고 오랜 항해 끝에
이제야 외로움을 알겠느냐고
용골들이 윽박지르는 소리가 들려온다

강릉 길, 어디인가

다섯 살부터 여덟 살의 어린 그 무렵
밤이면 총소리 요란하던 이 거리
내 온몸 홍역 열꽃이 돋아
피란 못 가고 앓던 이 거리
모두들 어디론가 가서 몸을 숨긴 이 거리
이쪽저쪽 군인들 얽혀 있던
70년 전의 이 거리를 지금 나는 홀로 걷는다
이제 어머니마저 저세상으로 가고
나는 홀로일 뿐이다
대관령 아흔아홉 구비를 넘어와서
북쪽으로 가는 읍사무소 앞 신작로
언젠가부터 삼팔선으로 가로막힌 길이다
지난 70년 동안 어디론가 멀고 먼 길을 걸어
이제 여기 남대천을 끼고 돌며
임당동에서 강문동으로 이어지는
이 거리를 홀로 가고 있구나

경포 바닷가

바닷가에서 폭죽 소리를 듣는다
어머니의 뼈를 뿌린 이 바닷가
폭죽 소리 속에서 먼저 간 이들이 누군가를 부른다
가버린 친구들아
어찌하여 이 바닷가에 나 혼자 버려두고
너희들은 폭죽을 터뜨리고 있느냐
아직 가을은 다가오지도 않는데
첫가을을 부르려 하느냐
산맥을 넘어 높새바람을 앞세우고
바다 너울을 내게 부르며
목이 메어 있는 너희들
나 어린 날 이곳에서
총소리도 많이 들어보았더니
이제는 너희들 내 앞에 이렇게 나타났구나
너희가 산맥이고 바다더냐
강릉 바다에 홀로 서서
나는 어디론가 잦아드는 내 모습에
머언먼 길을 더듬으며 이날을 간직하려느니

혜초(慧超)를 찾아서

폐쇄 병동에서 나온 나는 비단길로 향했다
배낭에 혜초의 『왕오천축국전』을 챙기고
중국 란저우(蘭州)에서 새벽 열차를 타고 가는 길
둔황을 거쳐서 투르판으로 가는 길
나는 무엇을 찾고자 했던가
그곳은 이혜구(李惠求) 박사가 우리 음악의 원류로
구자악(龜玆樂)을 꼽은 곳이었다
그리하여 화염산을 거쳐 이른 고창고성(高昌故城)
나는 나귀 수레를 만나고 싶었다
그 위에서 금(琴)을 타는 사람을 보고 싶었다
청포도를 우물거리는 낙타 입을 보았고
거리에서 비파 모형도 보았다
나는 혜초의 흔적이 어디엔가 있다고 믿었다
신라를 그리며 서라벌을 바라본 혜초
계림의 나뭇잎 한 잎에 이르기까지 그리워한 그는
그곳 어디에?
그곳 어디에?

강릉 처서기(處暑記)

올해 처서는 어디에 있을까
달력을 본다
몇십 년 계속되어온 일이다
드디어 여름을 보내고 가을을 맞이하는 날
이날에야 저 산과 바다는
드디어 이마를 맞대고
산울림에 파도 소리를 부르는구나
바닷가의 연인들도
등명(燈明)*하게 눈을 뜨고
대관령 봉우리를 바라보는 날
새는 높이 날아
바다의 상쾌이 고래들을 맞이하느니
서늘한 사랑의 눈금을 높이는구나
처서가 되면 깊어지는 사랑
그윽이 서로 바라보는 등명한 눈

* 강릉의 한 사찰 등명낙가사(燈明洛伽寺)에서.

서역 가는 길

병령사(炳靈寺) 뱃길을 나오며
황하 물결에 찰랑인다
난데없는 뱃길은 웬일인가
그러나 불상들은 햇빛 아래 모습이 깊숙하고
무엇보다 서역으로 통하는 길목이라고 했다
당나라 공주가 티베트로 시집을 갔다는 길
당번고도(唐蕃古道)를 지나간다
나는 '진달래 꽃비 오는 서역 삼만 리'*를
되뇌지 않을 수 없구나
여러 동굴들 속에 간직된 옛 모습을 살펴보며
드디어 이곳이로다 새삼스럽다
강 건너 낙타들은 무리 지어 사막을 바라보는데
나는 낙타를 타고 고비와 타클라마칸을 지나
서역으로 가려 하누나

* 서정주의 시 「귀촉도(歸蜀道)」에서.

하라르 커피를 기다리며

1

안목 바닷가 카페에서 에티오피아 하라르 커피를 찾는다
이 마을에 처음 온 것이 언제였던가
1989년 민음사에서 소설집 『원숭이는 없다』를 내고
어느 여성 잡지 사진을 찍은 마을
물고기 덕장 아래에는
고깃배 두 척이 매여 있었다
이제 어디가 어디인지 모르게
카페가 즐비하고 젊은이들 몰려드는데
나는 중국 만주의 대흥안령(大興安嶺) 산맥 아래서
가죽 트렁크를 들고 강릉으로 돌아오는
어머니를 마중하고 있는가
아니면 남쪽으로 가는 배를 타려고
울면서 헤매고 있던 그 어느 날
아직도 갈 곳 몰라 바닷가에 홀로 버려져 있는가

2

랭보가 갔던 나라 에티오피아가 6·25 때
일찍이 우리를 도우려고 군대를 보냈다니
새삼스럽다
그곳에서 앓아누운 랭보
나는 해석조차 어렵다
그곳 커피 자루를 얻어 그림을 그려보겠다고
나는 안목 바닷가를 헤맨다

고마운 친구들

용산의 친구들
임우철, 김길종, 김연수, 심상술……
아직은 이 세상에 있는 고마운 우리들
모두들 여기에 이르렀구나
머나먼 길을 걸어
여기까지 견뎌온 것이 꿈같기만 한데
꿈일지라도 인생임을 깨닫는 이 나날
그 시절의 꿈이 이 길가에 꽃피어 있구나
벌써 어디론가 떠난 다른 친구들 있다 해도
꿈은 꽃피어 있음이 분명하구나
이 나이를 '꽃'이라 하는 게 못마땅하다면
'다른 꽃'이라고 빗댈까
아무튼 우리들 고맙게도
여기까지 이르러서도
아직 꽃피어 있구나

그림자 마을에서

그림자 마을을 걸어온 것일까
문득문득 나를 잃어버리는 순간들
이게 뭘까?
알 수 없었다
그동안 무슨 잘못을 저질러온 것일까
병원 응급실들을 거치며
혼수상태로 어디엔가 이르렀다
나도 모르게 저지른 이상한 일들
긴 세월의 술 탓으로만 묻어둘 수가 없다
모두가 잘못이었다
그림자 마을을 지나온 것이었다
그것까지도 나는 잊어버린 것이었다
그것은 내가 아니었다
어디일까
나는 묻고만 있었다
여기는 어디일까

남대천 둑방

어머니 빨래하던 냇물
연어 몇 마리 헤쳐 나오고 있다
연어는 빨래를 거들다시피
모래를 일으켜 물을 거스른다
나는 징검돌 위에 발을 말린다
얼마 더 가면 그네 터
집에서 골목길을 빠져나오는 동안
아이들이 담장에 그려놓은 도깨비 그림
여기까지 뒤따라온다
어머니가 빨아 널은 옷을 걸친
도깨비들은 따뜻하게 말라간다
빨래들은 제각기 보송보송 살아난다
어머니는 빨래들을 거느리고 그네를 구른다
연어들이 빨래의 귀퉁이를 물고
성산 골짜기로 올라가고 있다

시베리아 민들레꽃꿀

선물로 받은 꿀
시베리아 벌판 민들레꽃에서 딴 것이라는 말에
그만 아득해진다
언젠가 시베리아 한구석 민들레 꽃송이들 옆에서
아, 시베리아, 하고
털썩 주저앉지 않았던가
까마득한 세상을 넘겨다보지 않았던가
그 세상이 병 속에 담겨 있구나
꿀은 그 아득한 세상의 꿈이었다
벌들의 날갯소리 웅웅대는 비상(飛翔)의 꿈
나는 어디까지 날아갈 수 있을까
그때도 지금도 가늠하지 못하는 이 세상
꿀병 속에 담겨 있는 꿈
나는 찻숟갈에 꿀을 담으며
시베리아 민들레꽃 벌판에 서서
어디론가의 멀고 먼 길을 간다
더 멀고 머언 길을 간다

이식쿨호
—인천에서 4

인천 '소주한병' 소설가들이 키르기스스탄에 갔다고 한다
그러고 보니 내가 그곳에 간 것이
어언 30여 년 전
그곳 이식쿨호에 갔다 와서
단편소설 「하얀 배」를 썼던 것이다
그리고 이상문학상을 탈 수 있었다
카자흐스탄에서 긴 고개를 넘어가자
오른쪽으로는 타지키스탄을 향하고
갈림길에 쌓여 있던 수박 더미
길쭉한 그 수박을 사서 박미하일과 함께
저녁 대신 쪼개 먹었지
호수 건너 산은 눈이 하얗고
물결은 푸르렀다
호텔 이름 '레베츠'는 '백조(白鳥)'라고 했다

나의 5·18

그날 5·18이 지나고 있던 광주
흉흉한 이야기가 서울로 전해지고 있었다
나는 갓 옮긴 직장을 그만두고 글을 쓰겠다고
조근태 사장을 만나 이야기했다
아니, 이 시대에 어쩌려고?
그는 걱정부터 앞세웠다
고등학교와 대학교 학과까지 직계 선배
그러나 나는 내 생각만을 우기고 있었다
사람들이 죽어나간다는 이 시대에 어쩌려고?
그러니까 그냥 앉아 있어서는 안 되겠다고
내 글을 써야겠다고 나는 거듭 밝혔다
그것이 나의 5·18
그는 내 마음을 읽고
두 달 치 월급을 준비해주었다
지금까지 나는 그 만남을 잊을 수 없는 것이다
흉흉한 시대일수록 글 한 줄 더 쓰리라
진실이 무엇인지 글 한 줄 더
지금까지 나는 잊을 수 없는 것이다
이미 흉흉해진 나였다

근댓국을 끓인다기에

방공호는 어느새
오소리와 너구리의 굴로 변해간다
우리는 함께 사는 짐승이 되고 있었다
어느덧 총소리 포소리도 멀어지고
좁은 마당이나마 근대, 아욱이 심겼다
어머니가 잘라놓은 푸성귀를 손에 들고
쥐며느리들 기어다니는 방공호를 기웃거린다
어머니가 담배 장사를 시작하던 무렵
나는 이제 눅눅한 방공호로 들어가지 않는다
골목에는 이웃들도 오가고 있건만
푸성귀를 들고 있는 것은 내 몫이었다
뒷날 어른이 되고 시인이 되었으나
푸성귀는 언제나 내 몫이었다
한 음식점이 근댓국을 끓인다기에
나는 오늘 그곳으로 향한다

큰 새의 풍경

경포호 위 바다 쪽으로
바삐 날아가는 큰 새 두 마리
이름을 배우지 못했다
강릉 남대천을 넘어
멀리 날아온 듯
어디로 향하는 것일까
이 땅 전쟁과 혁명과 계엄을 다 겪었기에
무엇이 오더라도 괜찮다는 늠름함
나도 새를 올라타고 있는 것일까
커다란 새는 내게 무엇인가 말한다
언젠가 날아왔다는 군함조, 혹은 신천옹(信天翁)?
언젠가 러시아 북쪽 호수에서 오로라처럼 본 새
저렇게 큰 새를 바라보며
나를 거쳐 간 풍상을 기억했다
그리고 저것이 이 세상 새일까
아득할 뿐이었다

파미르고원을 넘다

파미르고원을 넘는다
소녀의 바싹 마른 미라 피골(皮骨)이 앞장을 선다
『동방견문록(東方見聞錄)』은 아마 거짓말
키르기스스탄으로 가다가 접어든 돌모랫길
어디에 미라가 누워 있을 구석이 마땅한지
카자흐의 '아바이' 땅을 떠나온 지 언제
양파꽃은 어디에도 피어 있지 않다
그러나 양파꽃은 여기저기 숨어 피리라
숨어 피리라
두건을 쓴 소녀들은 두샨베로 가는데
나는 마르코 폴로를 따라 어디로 가는가
소녀는 이미 미라가 되어
양파꽃 다발을 내게 흔든다
나는 고깔모자를 얻어 쓰고
주막집 '샤오츠부(小吃部)'의 불빛을 찾아든다

압록강은 흐른다

볼가강을 언제 건넜는가
다뉴브강을 언제 건넜는가
그리하여 얄루는 나중 언제?
아, 목단강, 아무르강, 헤이룽강……
그 골목길 조선족 처녀들의 어두운 술집
청산리 봉오동 숲속을 건너와 드디어
강물에 반쯤 걸쳐 끊어져 있는 압록 철교 위에
박완서 선생님과 나란히 섰다
소설가 이미륵의 이름과 『압록강은 흐른다』
Der Yalu Frisst가 얹힌 시간이었다
그리고 밤늦게 장춘의 북문 쪽으로
홀로 휘청거리며 돌아왔다
야쿠츠크 공화국의 사슴뿔 농장 홍순훈 형
삼중당 출판사에서부터 미안하외다
헤이룽(黑龍)은 여전히 검은 용인데
강물은 두 갈래로 갈라지고 있다

오디를 줍다
—강릉 비단길 2

강릉에서 잠업(蠶業) 여학교를 다닌 어머니는
누에가 뽕잎 쏠아 먹는 소리를 시늉한다
누에 어머니가
뽕잎을 따러 뽕나무 밑으로 가면
나는 오디를 주웠다
그리하여 자투리땅에 뽕나무 한 그루를 심는다
오디를 먹고 입술이 진보라색으로 변해
내 과거에서 미래까지 말하려는 것이다
머언먼 고갯길을 넘어 걸어
여기까지 왔으나
손에 주먹밥 하나를 들고
방공호 구덩이를 추억하누나
남대천에 나가 물결 속에서 어머니를 보누나
한 마리 누에가
비단을 잣고 있다

정든 땅 언덕 위
—박태순 소설가의 기일에

몇 해 동안 다녔던 직장에서 내려다보면
박태순 소설가의 집이었다
오늘*은 그가 간 77세의 5주기,
염무웅 평론가가 나서서 전집도 펴낸다고 했다
나는 그를 따르며
연탄 드럼통 술집에서 얼마나 마셔댔던가
노가리 몇 마리 굽는 게 고작이었다
서대문 경기대 앞 동네 술집들
중국집 짬뽕 국물 '짜휘' 한 그릇
77세 그가 소주를 들이켜면
나도 술잔을 부딪쳤다
그러다 어찌 우리는 헤어졌던가
지난 5년 그가 세상을 떠난 동안
나는 어디서 무얼 했던가
오늘 그의 소설「정든 땅 언덕 위」에 서서
그와의 세월을 그리워한다

* 2024년 12월 13일.

석류꽃 시집을 쓰다

속초에서 강릉으로 돌아올 어린 즈음
방파제에 미끄러져 빠진 바닷속
페르샤 원산 석류꽃 풍경을
다시마, 우뭇가사리, 불가사리 들 틈에서
처음 보았다
나중에 강릉 '문화작은도서관'에 꽃 핀 나무를
속초의 바닷속에서 먼저 본 것이다
'석류꽃과 시집 한 권이면 이곳도 천국'*이라고
물고기들은 오가며 알려주고 있었다
뒷동산에서 굴러 내려오며 놀던 시절
어느덧 전쟁은 끝나가고 있지만
나는 아직 잠겨 있는 교문을
기웃거리고만 있었다
그리고 오랜 세월 뒤에
도서관 뜰에 꽃 핀 한 그루 석류나무
그 바다의 시집이 씌어지고 있는 것이었다

* 오마르 하이얌, 「루바이야트」를 변용.

그리운 조선

우크라이나 전쟁터에서 목숨을 잃은
북한 병사가 편지에 써놓은 글
'그리운 조선'
길을 가면서 그 구절을 되짚는다
나 역시 고향을 떠나 그리움을 안고 가지 않는가
어디로 가고 있는 게 아니라
그리움을 찾아가고 있었을 뿐이 아닌가
내가 가고 있는 곳이 어디일까
물어보는 순간 그리움이 다가들었다
모든 길의 끝자락에 도사리고 있는 그리움
병사는 떠나온 고국이 얼마나 그리웠을까
고개를 넘으면 그리움은 더욱 쌓이고
견딜 수 없으니 어쩌지 못한 채
한 줄의 글을 쓰고 갔구나
나를 대신하여 쓰고 갔구나
'그리운 조선'

* 러시아의 우크라이나 침공에 파병됐다가 사망한 북한군 병사 편지가 공개됐다. "'정다운 아버지 어머니의 품을 떠나 여기 로씨야 땅에서…' 로 시작하는 편지는 친구 생일을 축하하려고 쓴 짧은 편지다. 내용을 보면 제대로 끝맺지도 못한 것 같다. 이 편지 하나를 남기고 눈 덮인 이 역만리 땅에서 시신이 됐다. 왜 싸우는지, 왜 죽는지도 모른 채 식어간 이 병사는 마지막 순간에 누구를, 무엇을 떠올렸을까"(김민철 논설위원, 「전쟁터에서 온 편지」,『조선일보』, 2024년 12월 27일 자).

팔순(八旬)에 이르렀다

어느덧 팔순(八旬)에 이르렀다니
그리운 모든 것 아직 그대로인데
이게 웬일이냐고 새삼 돌아본다
그리운 구석구석 모두 그냥 숨어 있는데
뜻하지 않은 황무(荒蕪)의 땅에
이르렀는가
뭘 찾아다닌다고 하였으나
무엇인지 아득한 나이
나에게 왔다가 간 모든 것
인생의 페이지를 더듬는다
더듬는다, 더듬어지지도 않는다
아름다움과 그리움은 머언 무지개
그런데도 어딘가로 발길을 옮기고 있다
어쩌면 황야의 한 티끌로 향하고 있는가
그럼에도 어디론가 걸어가야 한다
머언 무지개는 어디 있는가
나는 어디에 있는가

팔순 자화상

자화상을 다시 그린다
이쾌대(李快大) 화가의 「두루마기를 입은 자화상」은
그릴 엄두를 못 내지만
"비단길을 향하여" 제목을 달고
나이 든 팔순 자화상을 그린다
바탕에 꽃 몇 송이도 붉게 날린다
옛 그림을 닮아 있는데
나는 '비단길'에 서 있는 것이다
아내는 내 모습이 있다고 보고 있었다
오늘은 팔순 생일
예전 모습은 어디로 가고 나타난 다른 얼굴
마르고 쭈그러진 모습
먼 길을 걸어온 발걸음
인중(人中)이 길어지도록
나는 아직도 '비단길'을 가고 있구나

가창오리 깃털

'엔진에 가창오리 깃털'이 발견되어
제주항공의 사고가 증명되었다고 한다
2024년 무안공항에 떨어져 불탄 비행기
179명이 목숨을 잃은
큰 비행기 참사
나는 철새들의 날아오름을 바라본다
언젠가 낙동강 하구 을숙도에
철새들을 보러 간 적이 있지 않았던가
갈대숲을 헤치고 간 길이
다시 펼쳐진다
철새들이 떼 지어 날아오른다
가창오리라고 했다
다시 와보리라 했는데
오늘 '엔진에 가창오리 깃털'이 전서구(傳書鳩)처럼
생명을 전하고 있다

설피(雪皮)를 신다

이 겨울에는 '습설(濕雪)'이라는 말을 배운다
젖은 눈에 쌓인 나무가 꺾어지고 지붕이 무너져서
나온 말이었다
저렇게 굵은 가지가 못 견디고 꺾어지다니
나는 나무 밑에 서서 세상을 본다
강원도의 숲은 온통 젖어 있다
뚝, 뚝, 소리에 내 발길도 무거워진다
내 삶이 여기에 이르렀구나
꺾어짐과 무너짐을 머리에 이고
물푸레나무 설피 감발을 발에 치고
나는 어디론가 가고 있다
오대(五臺)를 넘은 지 언제였던가
멀리 바다의 수평선 틈새를 보며
저 등성이를 넘은 것이 언제였던가
뚝, 뚝, 소리에 눈보라를 헤치며
설피만 믿고
새삼 입산 길을 더듬는 것인가

호박(琥珀)빛 일출

란저우 우육면(牛肉麵) 한 그릇에
사막 길을 가야 한다
황하의 물결은 어디로 흐르는가
뒤늦은 새벽 열차는 어두운 하서회랑(河西回廊)을 달려
비단길을 만들며 간다
낙타들 긴 목을 치켜들고
머지않아 호박(琥珀)빛 일출이 다가오면
사막 엽서 한 장을 띄우리라
너 어디에 있느냐
카자흐족, 위구르족 말 달려오는데
열차는 모래언덕을 굽혀 기적을 울리고
한 마리 외로운 새
사막 높이 날아간다
나 어디에
어디에 있느냐고

남대천 둑방 길

1

남대천 둑방 길을 간다
어릴 적 어머니를 찾아다녔던 길
어머니는 창포다리에서 빨래를 하고
나는 첨벙거리며 발을 적신다
건너편 단오 장터의 그네 터까지 걷는 날은
어머니를 더듬어가는 발길
이제 70년도 더 넘어 옛길을 열어준다
그러면 둑방 길은 바다까지 이어져
1·4후퇴의 배 한 척을 띄워준다
그림자 같은 그 배는 지금 어디에 있을까
혹은 옛 마을 작은 고깃배 한 척 저어 와서
나를 태우고 가려는가
저승길이라도 가야 한다고 말하던 어머니
저문 세상 어디 멀리 헤매다가
어찌어찌 살아남아 어머니 빨래터로 돌아오려니
나의 길, 남대천 둑방 길

2

6·25 때 인민군에게 붙잡혀 갔던
둑방 길 옆 그 집
밤에 왜 불을 밝혔느냐는 다그침
그곳이 어디였는지
아이가 홍역을 앓는 통에 그랬노라는 어머니
바깥에서는 딱콩총 소리 요란한데
우리는 겨우 살아서 돌아왔다
나중에 아이들의 소풍 길이 된 둑방 길
안목까지 이어진 남대천 길
이제 작은 집 한 채 마련하고
밤에도 불을 밝힌다
한때 저승길처럼 되었던 둑방 길
작은 집에서 불빛과 함께 밤을 지새운다
나이 팔순이 되어 그 길을 걷는다

강릉 비단길

진리 바닷가 언덕에서 허균 묘소를 찾아보고
그곳 박용재 시인의 고향 집
묵은 우물을 들여다본다
바닷가 숲길은 안목을 지나 강문으로 이어지는데
나는 체 게바라 카페로 가고 있다
프랑스 악트 쉬드(Actes Sud) 출판사에서 펴낸
『둔황의 사랑 *L'Amour de Dunhuang*』을
고향에 바치려는 내 발길
동해의 파도 소리가 나를 불러일으킨다
동방견문의 먼 길을 이제야 돌아왔구나
신장(新疆)의 '회회아비' 땅에서
'쌍화(雙花)'를 먹으며 시를 지었지
밤이면 삭사울나무 마른 등걸로 양꼬치를 굽고
드디어 만나는 '구자악(龜玆樂)'의 세계
강릉의 무녀들 노래 부른다
님이여 건너가지 마오
건너가지 마오
바다 멀리 산 멀리 노래 부른다

직박구리

춘분 앞두고 직박구리를 만난다
나뭇가지에 삐죽 붙은 새를
나뭇가지로 볼 뻔했다
드디어 봄이 왔구나
지익 지이익 울음소리를 들은 것이다
알고 보니 직박구리는 철새가 아니라 텃새였다
그러니까 우리는 함께 이 땅에서 겨울을 난 것이었다
서울의 새가 강릉의 새였다
그랬단 말인가
우리는 본래 함께였단 말인가
어리둥절 눈인사를 보내는데
직박구리는 낙숫물 한 방울에 주둥이를 적시고
지익 지이이익 나를 바라본다
흘낏거리는 눈짓에 봄빛을 담고
직박구리는 나를 바라본다
봄이 지이익 지익 오고 있다

지심도를 바라보다

근로자 기숙사에 머물던 거제의 나날
조선소를 오르내리던 내 발길
방파제로 나가면 어선과 여객선 들이
바다로 나가길 기다린다
그물들이 펼쳐져 있는 사이로
불가사리들은 말라가도
사람들은 별을 꿈꾸고 있다
한려수도의 첫머리 지심도
어느새 뱃길은 대양의 길을 열고 있는데
사랑의 넓이와 깊이를 가르치는 것이다
배들이 바다로 용골을 쳐들고 나아가고
우리는 비로소 그 길을 내 길로
사랑을 배우는 것이다

강원도 풋마늘

드디어 전쟁이 끝났다
학교가 문을 연다고 했다
육군 대위 아버지는 어머니와 나를 지프차에 태우고
강릉 읍사무소 앞을 떠나 대관령
아흔아홉 구비를 넘어
점심때가 되자 밭가에 차를 세우고
얻어 온 풋마늘 몇 줄기
어린 나도 풋마늘을 우물거렸다
그리고 또 어디론가 달려
대전의 선화초등학교에 들어갔다
하지만 지금까지 내 먹성은
강원도 외진 산기슭 풋마늘에 머물러
마늘꽃 돋아나고
새아버지와 어머니와 나의 새로운 한 끼니
쪽마늘 같은 인생의 출발

괭이갈매기, 자맥질하다

메콩강에서 대나무 뗏목을 타고 온 뒤
그 풍경 아련하여 강릉 남대천을 찾았다
어디가 아련한지 알 수 없어도
메콩강을 보려는 것이었다
예전 전쟁 때 어린 내가 부산까지 배를 탔던 곳
웬일인지 배 밑창에서 울음을 터뜨렸던 곳
어느새 영도다리가 가까웠다
메콩강 뗏목은 찰랑찰랑 저어 가는데
남대천은 가뭇가뭇 동해로 빠져나간다
어디로 저어 가 남지나해와 만나려는가
괭이갈매기 한 마리 갸우뚱 자맥질하며
멀고 먼 대양을 쪼아오는 곳으로
나는 메콩강 수평선을 내다보고 있다

흰꼬리수리, 자맥질하다

남대천에서 흰꼬리수리 두 마리가
자맥질하며 먹이를 찾고 있다
우수를 지나 이 봄에 날아온 철새라고 한다
나는 새들을 뒤따라
어릴 적 자맥질을 내게로 가져온다
저 맹금(猛禽)의 그늘을 오가며
나는 오늘까지 살아왔구나
옛 구포의 제분 공장 옥상에서부터
지금 강릉의 개울물까지
처음 최계락(崔啓洛) 시인의 동시집을 읽고
글에 쏠리기 시작했구나
그리고 자맥질하며 살아온 기인긴 삶
기인긴 삶 팔순에 이르렀구나
흰꼬리수리의 자맥질이여

어머니의 정화수 2

2025년 새해 장독대에서 어머니의 정화수를 찾는다
어디에도 없다
할머니, 어머니가 살피며 모셔놓은
정화수
그것은 내 기도
할머니와 어머니가 가신 지도 이미 오래
나는 큰 산을 바라보다가
정화수 사발을 다시 찾다가
없어진 모습을 새삼 다시 본다
"손 한 번 잡아보자."
어머니 마지막 말씀
이제서야 깨닫는 것이다
큰 산이 거두어 갔음을 깨닫는 것이다
이것이 인생,
이라고 말해야 한다
이제는 미룰 수가 없다
이것이 인생이라고

어느 모롱이

어느 바닷가
어느 기슭
헤어진 지 오래인
어느 모롱이

홀로
헤맨다
머언 산 망월재(望月峙)
달 밝으면
달빛 밟는 소리
나를 맡기고

남몰래 숨어드누나
남몰래
어느 모롱이

강원 대설주의보

강원에 3월의 대설주의보
처음이라고 한다
골짜기 개구리가 벌써 나왔다는데
50센티미터 넘는 강설량을 말하고 있다
과연 이인직의 소설 『은세계』로구나
나는 대설주의보 속을 걸어간다
북청 물장수 아버지는 앞에서
나를 돌아본다
어머니가 있으니 가족이 된다
가족은 춘천으로 가는 길이다
어딘지도 모르는 춘천의 천막 학교로 가는 길이다
대설주의보를 흔드는 춘천의 천막 학교
멀리서 천막이 휘날리고 있다

『논어』 읽기

책을 잃어버리고 인사동에서 산 『논어(論語)』
배종호 선생님의 시간이었다
그리고 '종심소욕불유구(從心所慾不踰矩)'를 읽었다
그리고 그다음 '나이 80'을 찾는다
못 찾다가 이즈음에야 '팔순루(八旬淚)'라고 쓴다
긴 인생 무엇이었나
그러나 나는 이 나이에 오히려 울음을 잃지 않았는가
십대에 시인을 꿈꾼 소년
새들을 좇아 들판을 헤매다가
밤길을 홀로 만주 백일장까지 갔었지
무엇인지 묻기만 하다가
새들과 함께 잠들었었지
'순수(純粹)의 새'들이 어미를 찾는 시간
나는 『논어』 책장을 넘기며
하얼빈 거리에 남아 있었지

수미산(須彌山)의 톱슈르 소리
—최규익 소설가에게

우리는 강릉의 한 가족
나는 임당동성당의 교적부에서 나를 찾았다
6·25 때 뜰에 묻어둔
몇 안 된다는 교적부
그러다 국민대 문창 대학원 선생으로 만난 우리
그가 오늘 펴낸 소설 무려 세 권
『날치』『검은 극장』『루이 드가의 편지』
나는 발문 몇 줄씩 붙였다
그의 글에 나타난 티베트호랑이
강릉 단오의 호랑이 아닐까
탐험하는 그의 모습이었다
학교를 그만두고 제주도에 가 있는 그
남다른 시간 속에서 수미산으로 간다
나도 알타이의 톱슈르* 연주를 들으며
우리의 고향 강릉과 실크로드를 잇는다

* 알타이 지역의 전통 현악기.

94

미얀마 지진

미얀마에 규모 7.7의 큰 지진
사망자 3천5백 명 넘어
나는 소설가 이원하 아버님 이가형 선생님 글을
다시 읽는다
'버마 로드'가 나타난다
일본 학병으로 끌려간 이야기
나는 오래전 미얀마 만달레이의 석장경(石藏經)을 보며
부처의 가르침을 결집하는 모습을 살피지 않았던가
그곳은 가르침의 '석장'이겠지만
학병에게는 대포를 마차에 싣고 가는 길
오늘 큰 지진이 일어나
많은 피해를 보도하고 있는데
빗속에 말을 끌고 가는 학병의 모습
'버마 로드'를 힘겹게 구부정 걷고 있다
이원하 그대여,
학병 아버님은 어찌하고 구름은 저기 머흐는데
그대는 어디에,
어디에 있소

구포의 수리부엉이
—부산의 소년 1

구포의 낙동강가에 우뚝 서 있는 빈 건물
우리의 놀이터였다
어느 날 피댓줄 어지러운 층계를 올라
옥탑방으로 들어간 우리가 만난 것은 수리부엉이
눈썹을 뻗친 커다란 새는 방에 갇혀 퍼덕였다
강 건너 먼 벌판을 꿈꾸고 있는 것일까
퍼덕, 퍼덕, 퍼덕, 퍼덕,
우리는 서로 놀라고 있는 것이었다
눈과 발톱은 밤을 움켜잡으려는 듯
온통 검게 도사린
어디인지 모를 곳을 향하고 있다
숲속의 날개, 숲속의 눈초리가
멀리멀리 나를 이끌고 있다
저곳 어디에 내 둥지가 있다는 것일까
나는 수리부엉이 위에 몸을 싣고
밀 빻는 소리 들려오는 물결을 헤어 가고 있다

북성극장 부근
─부산의 소년 2

대여섯 군데의 초등학교를 다녔다

대전선화초등학교에 입학하여 부산진초등학교를 졸업
할 때까지

그리고 대구, 춘천, 양주 등등

친구들을 만들 수 없어서

개울 가재, 산속 밤송이, 보리밭 깜부기, 물가 도요새

어울려 함께 놀았다

탄피 상자를 앉은뱅이책상으로 만들고

아버지의 양담배를 장마당에서 고래고기와 바꿔 먹으며

서면 하야리아 부대 뒤 수원지에서

나무칼을 휘두르기도 하다가

어느 날 문득 부산진경찰서 앞에서

총에 맞아 피 흘리며 뛰는 청년을 보았다

4·19의거였다

중학생 때 엘리자베스 테일러의 「뜨거운 양철 지붕 위
의 고양이」를

숨어 보았던 북성극장

뭔지 모르고 보았던 영화였다

뭔지 모르고 시작된 인생이었다

동해남부선 열차
—부산의 소년 3

1

부산에서 열차를 탄다
달빛을 타고 달려가던 그 밤
열차는 언제까지 멈추지 않을 듯
수평선을 이제껏 달려왔는데
기장, 망상, 묵호를 향하여
달빛은 어디까지 밀려오는지
그 밤 이후 잊을 수 없다
달빛 바닷길을 열차는 지금도 달린다
떠나온 지 몇몇 해인지
몇몇 해인지
이 세상이 없을 곳으로 달린다
달빛 속에서 나는
이 세상도 없고 나도 없는
그곳으로 지금도
멈추지 않는 열차를 타고 가고 있다

2

옥계를 지나며 바위 벼랑
『삼국유사』에서 가장 아름다운 이야기
「헌화가(獻花歌)」의 길이라는데
무엇을 알기에는 인생은 짧고
바다 용이 머리를 든다
나는 한동안 소코뚜레를 잡고 밭을 갈았다
바다 용이여
나 이미 팔순을 지나
벼랑길에 붙어 있구나
바다 용이여
바닷바람에 펄럭이는『동방견문록』한 귀퉁이에
워낭 소리 꽃 한 송이 바치누나
워낭 소리 꽃 한 송이 바치누나

구관조(九官鳥)의 '안녕'
—부산의 소년 4

부산 서면의 '갤러리 범향'에서
모든 별들은 음악소리를 낸다
문학그림전을 열었다
기획을 김형석 예술 감독이 앞장섰다
여기가 옛 부산상고 동네라고?
북성극장도 여기 어디였다고?
거리를 돌아보았으나 감감할 뿐이었다
학교 마당에 키워지던 구관조 한 쌍
"안녕!" 날갯짓하며
하늘 한구석에서 안부를 전하는 듯하다
부산의 소설가 동료들도 반가운데
나에게 팔순 잔치 아니냐고 했다
이제는 사라진 중학교
이제는 사라진 어린 친구들
이제는 사라진 구관조
온통 사라진, 사라진 옛날들, 사라진……
그래도 나는 수리산 봉우리를 더듬으며
구관조의 모습을 따라 나를 찾고 있었다

우수(雨水)를 지나며

입춘(立春)을 지나고 우수(雨水)
절기(節氣)는 봄을 말하고 있지만
북극 바람길은 아직도 내려온다고 한다
그러나 봄은 온다고
가게 아주머니는 '대한민국 좋은 나라'라고 말한다
이 봄에 빙하기 같은 '대한민국'은 살아나는가
나는 꽃을 심겠다고 힘을 돋우려 한다

두렁허리에 대하여

오늘 불현듯 공자(孔子)의 불유구(不踰矩) 다음에
팔순루(八旬淚)라고 적어놓고 싶다
이 무슨 망발인가
논어에는 '팔순'은 없고
'칠십이종심소욕불유구'까지밖에 없으니
어이하랴
스무 살 나이 배종호 교수에게 배웠던 것이다
그러나 이제는 '팔순'을 말할 수밖에 없다
'눈물'을 말하기에는 매우 어렵기 때문이다
내 인생에 몇 번이나 울었던가도
말하기 어렵다
논두렁을 가며 두렁허리를 본 적도 없다
그러나 이제 나는 두렁허리를 말한다
이 또한 무슨 망발인가
한 번도 본 적 없는 그 물고기를 보기 위하여
논두렁길을 가는 내가 여기 있으니

『동방견문록』 읽기

『삼국유사』에서 가장 아름다운
이야기라는 미당 선생님의 말씀을
그때는 어찌 알았을까
소년은 이제야 헌화의 벼랑길을 걷는다
무엇을 알기에는
인생은 짧고
바다 용(龍) 헌화여
그대는 소를 몰고 농사를 짓고 있구나
나는 어찌 팔순을 지나
벼랑길에 붙어 있구나
바다 용이여
바닷바람에 팔랑이는 『동방견문록』 한 쪽에
새겨져 있는 약속

외뿔고래의 꽃 4

배는 떠나갔는데 나는 헤매고 있구나
감자 한 알 먹으려고
러시아까지 헤매고 있구나
우랄산맥에 왔으나
여기는 이름도 낯선 투바 공화국
사람들은 몽골족과 퉁구스족의 혼혈
나는 작은 돌 인형 토템을 얻어
나를 맡긴다
북극해를 건너는 외뿔고래처럼
삐익 삐이익 일각(一角)의 소리를 지르며
고향으로 돌아가길 꿈꾼다
오늘 한국 강원도에는
몇 명 시인들이 고래 몸에 꽃을 그리려고
대관령 산신령님 아래 모였다고 한다

시는 어디에

강릉에서 부산까지 인생은 흘렀다
시 한 편 제대로 쓰려고 물금이라는 곳으로
미카 열차를 타고 갔던 어느 날
그곳이 어디였더라
그곳이 어디였더라
친구도 어디론가 숨어버리고
모든 것은 지난 세월에 묻히고
아득히 뒷전으로 흘러갔는데
나는 서울 서촌에서 이상(李箱)과 윤동주(尹東柱)를 만난다
시는 어디 있는가
나는 자하문고개를 넘으며
간(肝)을 앓아 숙여지는 몸이나마
둥성이와 골짜기를 두리번거린다
시는 어디 있는가
시는 어디에
친구여

정화수 사발로 돌아가는 길

허희
(문학평론가)

1. 시인과 소설가

시인 윤후명은 1967년『경향신문』신춘문예에 시「빙하
의 새」가 당선되어 문단에 이름을 알렸다. 그리고 1979년
『한국일보』신춘문예에 단편소설「산역」이 당선되면서 소
설가의 길을 걷게 되었다. 이후『명궁』『홀로 등불을 상처
위에 켜다』『쇠물닭의 책』등의 시집과『돈황의 사랑』『원
숭이는 없다』『여우 사냥』『협궤열차』등의 소설 쓰기를
한 몸처럼 밀고 나갔다. 그뿐만 아니라 여러 전시회를 통
해 화가로서의 활동도 이어나갔다. 윤후명의 문학 세계는
처음부터 여러 갈래로 나뉘었다기보단, 하나의 물줄기가
다양한 장르로 변모하며 흘러들어 온 경우로 볼 수 있다.
"별들이 새가 되는 마을에서/새를 타고 나는 비로소 시
를 꿈꾼다"(「새와 별과 시의 마을에 살다」)라는 시구는 윤

후명의 시 쓰기가 어디에 기반을 두는지 보여준다. "소설
「등신불」을 읽은 뒤/나도 소설을 쓰겠다 마음먹지 않았던
가"(「동리 선생님 모습」)라는 문장 역시 그의 시가 몸을 스
치는 이미지에서, 소설은 떠도는 인물의 운명을 따라가는
길에서 출발했다는 사실을 알 수 있다. 이때의 시와 소설
은 분리되지 않는다. 시에서의 새와 별은 화자와 얽힌 사
건의 시간으로 확장되고, 소설에서 한 사람의 생애와 한
참을 돌아 나온 먼 땅은 다시 한 폭의 풍경과 한 줄의 통찰
로 함축되기 때문이다.

　그런 점에서 이번 시집 『모루도서관』은 윤후명의 문학
전체를 묶는 구심점 역할을 한다. 여기에는 그가 오래 붙
들어온 제재들이 새겨져 있다. 이를테면 강릉(남대천과 경
포) 그리고 우물과 바다. 동시에 소설의 서사적 공간과 이
동의 기억도 빠짐없이 스며든다. "내가 소설집 『돈황의 사
랑』을 펴낸 인연이었다"(「'한국돈황(敦煌)실크로드학회'로
가다」), "이식쿨호에 간 이야기를/소설로 써서 나는 이상
문학상도 탔다"(「미하일이 살아온 길」) 같은 대목은 자전
적 언급에 그치는 것이 아닌, 그의 문학이 실크로드와 고
려인, 만주와 중앙아시아를 아우르는 이산과 귀환의 모티
프를 따라 확장되고 심화되었음을 환기한다.

　윤후명 시의 주된 키워드는 '길'이다. 더 정확하게는 떠
남과 귀환이 한 몸이 되는 길, 멀리 갈수록 자기 자신의 기
원과 더 가까워지는 길이다. 시집의 첫 시를 보자. "어머

니는 새벽마다/뒤란 정화수 속 대관령에 기도하며/나를
바라본다"(「어머니의 정화수 1」). 시인은 다시 "2025년 새
해 장독대에서 어머니의 정화수를 찾는다/어디에도 없
다"라고 말한다. 전자의 정화수는 기원의 형상이고, 후자
의 정화수 없음은 상실의 형태이다. 시인은 현전과 부재
를 갈라놓지 않는다. 두 장면이 한 생애에서 서로를 마주
보게 만든다. 시집의 모든 길, 모든 새, 모든 고향, 모든 세
계, 모든 죽음을 애도하는 팔순의 자화상은 이러한 "정화
수 사발"(「어머니의 정화수 2」)을 떠나지 못한 채 끊임없
이 맴돈다. 이 시집은 뿌리로 돌아가려는 마음이 어째서
사라질 수 없는지를 고백하는 동시에 돌아갈 수 없는 장
소의 빈자리가 어떻게 더 생생한 기억을 촉발하는지를 증
명해낸다. 이렇듯 윤후명의 시에서 바깥의 풍경과 내면의
자취는 긴밀하게 조응한다.

2. 고향의 기억, 세계의 편력

윤후명의 시가 삶의 가장 어두운 부분을 소환하는 작업
은 대개 먹는 일에서부터 시작된다. "조팝나무에 조르르
꽃 맺힐 때/좁쌀밥 흩뿌린 감자 끼니가 다가온다". 봄꽃은
팍팍한 감자 끼니를 부른다. 조팝꽃의 하얀 알갱이는 좁
쌀밥이 되고, 이는 감자 위에 흩뿌려진 생존의 분투로 귀

결된다. "입쌀밥 한 숟가락 보이지 않지만/오늘은 무슨 날일까/나는 감자를 으깬다". 그런데 놀랍게도 궁핍한 상황에도 환한 빛이 스며든다. "어머니, 지독한 저 세월이 이토록 아름다웠다니요/흩뿌린 조팝이 이토록 아름다웠다니요"(「조팝나무」). 이것은 가난했던 시절을 미화하는 시구가 아니다. 이때의 아름다움은 지독한 과거를 잊지 못한 채 이제야 받아들이는 '앓은 다음'의 각성이다.

"얼어 온 풋마늘 몇 줄기/어린 나도 풋마늘을 우물거렸다"라는 회상은 추억에 복무하지 않는다. "새아버지와 어머니와 나의 새로운 한 끼니/쪽마늘 같은 인생의 출발"(「강원도 풋마늘」)이 뒤따르기 때문이다. 전쟁 뒤의 삶은 몇 줄기 풋마늘과 한 끼니로 펼쳐진다. 이처럼 윤후명 시는 지난 기억에 관념적으로 접근하지 않고 씹는 감각과 결부시킨다. 인생의 기원을 사상으로 설파하는 게 아닌 먹고사는 생활로 보여주는 것이다. 백석에게 그러하듯이, 윤후명 시에서의 음식은 가족사로 향하는 입구이다. "짚풀 달걀 꾸러미를 들고/아버지 따라 고개 넘어가던 어린 시절/ [……] /이제껏 내 손에 들려 있는 달걀 꾸러미"(「짚풀의 시절」)도 그러하다. 전쟁의 상흔이 남아 있는 고향의 길은 한국사의 흉터로도 읽힌다.

봄눈 내리는 날
강릉 읍사무소 앞길을 지난다

읍사무소라는 이름도, 옛 풍경도 남아 있지 않고

딱콩딱콩 총소리는 어디선가 들려오는 듯한데

낯설기만 하다

　　　　　　　　　　　　　　　　—「강릉 읍사무소 앞길」 부분

　시의 시작은 한가로운 회고처럼 보인다. 그런데 어디선
가 총소리가 들려오면서 평화롭던 일상에 균열이 생긴다.
이때의 낯선 감각은 그가 과거로부터 멀어져서 발생한 것
이 아니다. 너무 길게 품고 있었기에 생긴 낯섦이다. "읍
사무소라는 이름도, 옛 풍경도 남아 있지 않"지만, 총소리
는 현재를 찌른다. 그곳에는 "그 밤에 우리에게 온 새아버
지"도 있다. 함경도 북청 출신의 육군 중위, 회초리를 들
고 나를 가르치던, "전쟁 때 군용 지프차로 경포대에 데려
가"던, "58세에 군사혁명 뒷길에서 사라"(「강릉 읍사무소
앞길」)진 사람. 새아버지는 전쟁과 결부된 가족사의 중요
한 축으로서, 고향의 장소성과 떼려야 뗄 수 없는 역사적
인물이라 할 수 있다.
　「남대천 둑방 길」은 어떤가. 시적 주체는 "6·25 때 인민
군에게 붙잡혀 갔던/둑방 길 옆 그 집"을 떠올린다. 그러
면서 "밤에 왜 불을 밝혔느냐는 다그침"과 "아이가 홍역
을 앓는 통에 그랬노라는 어머니"의 항변, "우리는 겨우
살아서 돌아왔다"는 조마조마한 옛일을 꺼낸다. 둑방 길
은 피란길과 생환의 길, 저승길과 귀향길이 한 줄로 겹쳐

지는 통로라 할 수 있다. 윤후명의 시에서 고향인 '강릉'이 평화롭기만 한 목가적인 장소가 아닌 상처의 지도처럼 읽히는 이유이다. 거기에는 어떤 방식으로든 어머니가 내재해 있다. 그가 회귀하는 목적과 항상 닿아 있다는 점에서 어머니는 윤후명 문학의 존재론을 이루는 원형이라고 할 만하다.

"저세상의 어머니는 아직 강릉에 계신다"(「어머니의 정화수 1」)라는 시집의 첫 시구는 의미심장하다. "어머니는 새벽마다/뒤란 정화수 속 대관령에 기도하며/나를 바라본다". 대관령이라는 큰 고개가 작은 정화수 사발 안에 들어 있고, 어머니의 기도가 그 안에 깃든다. 큰 것과 작은 것, 자연과 제의, 고향과 사랑이 한 그릇에 담긴다. 윤후명이 시에서 강릉을 끊임없이 소환하는 까닭 역시 어머니의 정화수 사발 때문이다. 그것은 거친 세계를 견뎌내는 민속의 한 방식이기도 하다.

이는 「창포다리를 건너서」 연작에도 드러난다. "이번 단오제에도 어김없이/무녀(巫女)의 무가(巫歌)에 홀려들었다/물론 어머니의 그네를 바라보면서였다"(「창포다리를 건너서 1」). 이 대목에서 강릉은 무가와 단오, 신주 막걸리와 창포물, 그네와 장터, 호랑이 산신령과 신목의 상상력이 살아 숨 쉬는 장소다. 또한 "예전에 어머니가 삶아 머리를 감던 그 창포 줄기일까/ [……] /어머니가 나이 먹어서도 이름 부르던 그 풀"(「창포다리를 건너서 2」)에서 창포는 프루스트의 『잃어버린 시간을 찾아서』의 마들렌과 같이 과거를 현전시킨다. 이때 시인은 외부 세계의 원리를 거시적으로 규명하기보다, 자기 세계를 구성하는 작은 것을 시로 하나하나 부른다. "어머니 빨래하던 냇물/연어 몇 마리 헤쳐 나오고 있"는 장면이 그러한 바탕에 놓인다. 빨래터는 가사 노동의 공간이고, 연어는 회귀의 본능을 품은 생명체이다. 여기서 현실의 살림과 우주의 귀환이 하나로 겹친다. "연어들이 빨래의 귀퉁이를 물고/성산 골짜기로 올라가고 있다"(「남대천 둑방」)와 같은 결구는 이러한 면에서 비약이 아니다.

바다도 마찬가지다. "어머니의 뼈를 뿌린 이 바닷가/폭죽 소리 속에서 먼저 간 이들이 누군가를 부른다"라는 시구에서 경포대는 외부인에게는 관광지이지만, 그곳을 삶의 터전으로 삼은 이에게는 남은 자와 떠난 자가 다시 마주하는 교차적 장소임을 보여준다. "가버린 친구들아/어찌하여 이 바닷가에 나 혼자 버려두고/너희들은 폭죽을 터뜨리고 있느냐"(「경포 바닷가」)라는 한탄은 이승과 저승을 가로지르는 애도이다.

윤후명의 바다는 늘 두 겹으로 겹쳐져 있다. 표면적으로는 파도가 넘실대고 폭죽이 터지지만 그 이면에는 죽음과 그리움이 밀어닥친다. 이는 시인이 인간 생(生)의 복합적 감정을 물의 이미지로 포착해왔다고 규정해도 틀리지 않을 것이다. 전술한 대로 정화수는 어머니와 얽힌 기도의 물이고, 남대천은 역사의 그림자가 드리워진 물이며, 경포대는 떠난 이들을 기리고 슬퍼하는 애도의 물이다. 물의 시학이 보다 더 넓은 곳으로 뻗어가는 자리에서, 윤후명이 쓴 시와 소설의 관계를 재조명할 수 있다. 윤후명 소설이 천착한 것은 떠도는 인물의 고단한 생애—이국의 언어와 국경, 전쟁과 이산을 건너는 삶이었으니까. 그러한 이야기는 어떻게 시의 언어로 기술되는가—「미하일이 살아온 길」이 대표적 사례이다.

"러시아의 '고려인' 화가 박미하일/ [......] /카자흐스탄에 살 때 우리는 만났다/그리고 함께 키르기스스탄의 이식쿨호에 간 이야기를/소설로 써서 나는 이상문학상도 탔다". 미하일은 여러 나라를 돌아다니면서 살았고, 윤후명은 그의 삶을 교직하여 소설로 썼다. 이번 시집에서 이는 다시 시로 포착되어 "삶이란?!"이라는 의문과 감탄으로 응결된다. 결론이 아니라 경외심 섞인 질문으로 귀결된다는 점에서 그의 인생론은 신중하고 섬세하다. 「'한국돈황(敦煌)실크로드학회'로 가다」도 유사하다. "소설집 『돈황의 사랑』을 펴낸 인연"에서 비롯되어, "작은 주파(酒吧) 술집에 홀로 앉아/밤을 새우다시피" 한 기록이 시가 되었다. 그러한 점에서 윤후명 시는 소설이 넓혀놓은 세계의 외연을 다시 개인으로 끌어와 두텁게 접는 시이다.

「혜초(慧超)를 찾아서」도 그러하다. "폐쇄 병동에서 나온 나는 비단길로 향했다". 그에게 실크로드는 지식인의 유람로가 아닌 회복의 길로 여겨진다. "나는 혜초의 흔적이 어디엔가 있다고 믿었다/ [……] /그곳 어디에?/그곳 어디에?"라는 되물음이 따라오면, 여행의 목적은 유적 답사를 넘어 자기 기원을 찾는 일로 바뀐다. 「강릉 비단길」은 그 과정을 고향 쪽으로 되감는다. "동해의 파도 소리가 나를 불러일으킨다/동방견문의 먼 길을 이제야 돌아왔구나". 먼 길은 길게 나아간 세계의 흔적이라기보다, 늦게 도착한 귀환의 표지이다. "신장(新疆)의 '회회아비' 땅"과 둔황과 란저우와 황하의 물결이 다 강릉으로 향한다. 시적 주체가 멀리 떠난 이유는 견문을 넓히기 위함이 아니라, 자기 안의 강릉이 어디까지 닿아 있는지를 확인하기 위해서였던 셈이다.

같은 원을 다른 반경으로 그리기. 그 원을 지탱하는 힘은 앞서 살펴보았듯이 소소한 것—나귀, 굽쇠, 설피, 모루 등—이다. 가령 이러한 시구는 어떨까. "살길을 찾아 울퉁불퉁을 제 길로 만드는/방법을 나귀는 알고 있다". 인생이 평탄하지 않다는 푸념은 우리 주변에서 흔히 들을 수 있다. 이러한 보편의 정서를 시인은 자기만의 관점으로 새로이 변주한다. 울퉁불퉁한 삶의 궤적을 없애기보다 나귀처럼 스스로의 길을 만드는 일의 중요함을 강조하는 것이다. 때문에 시의 화자는 "나귀를 따라가는 나"에서 "나중에는 나 스스로 나귀가 되어야 하리"(「나귀의 길」)라고 결심한다. 「굽쇠의 날들」도 다르지 않다. "몽골에서 나귀를 타고 간 풀밭 길은/중국에서 열차를 타고 간 돌사막 길은/멕시코에서 숲속으로 간 마야 언덕길은" 등의 떠돎을 서술한 시적 주체는 "모두 내 굽쇠를 바꾸고 가야 마땅했다"라고 자책한다. 나귀의 발굽에 박히는 굽쇠는 잘 보이지 않지만 없으면 말이 걷거나 달리기 어렵다.

윤후명의 시야는 미끄러운 눈길을 건너게 하는 설피, "연리지가 되어/서로 기대고 있는 나무"(「버팀목」)의 버팀목, "나는 시인이 되었다/그 밑을 모루가 받치고 있는 것이었다"라는 고백에서의 모루와도 유사하다. "대장간에서 흔히 본/받침쇠"(「모루도서관」) 같은 범상하지만 꼭 필요한 존재 위에 그의 시는 탄생한다. 낮은 곳을 굽어보는 시적 관점과 연동하는 메커니즘은 새와 꽃과 같은 생명의 약동으로 재현된다. "폭설에 꽃망울 부풀었구나"라는 시의 제목에서부터 윤후명이 지향하는 존재론을 요약한다.

"우수가 지나 봄날 꽃망울들을 살피는데/느닷없이 '강원 산간 폭설 70센티미터'라는 일기예보"가 전해진다. "하지만 매화, 진달래, 산수유, 생강나무, 목련, 히어리……/어느새 꽃망울이 부풀었구나/부풀었구나" 하고 시적 주체는 상황을 반전시켜 긍정한다. 주지하다시피 이 시는 온갖 시련에도 꺾이지 않는 삶을 은유한다. 그는 "그러니까 나도 저 폭설 속에 갇혀/아직은 움츠린 꽃망울이 되어 있는 것이다"라고 말하며 꽃망울을 스스로에게 겹쳐놓는다. 묵묵히 고난을 감내하고 버텨내는 형상은 「직박구리」

에도 나타난다. "직박구리는 철새가 아니라 텃새였다/그러니까 우리는 함께 이 땅에서 겨울을 난 것이었다". 시적 주체가 직박구리에게서 발견하는 것은 혹독한 겨울을 같이 견뎌냈다는 연대감이다. 그러므로 윤후명이 다루는 자연의 시는 관찰의 시만은 아니다. 자연이 자기 생애를 비추는 거울이 되는 순간을 붙드는 시이다. "저 맹금(猛禽)의 그늘을 오가며/나는 오늘까지 살아왔구나/ [……] / 자맥질하며 살아온 기인긴 삶/기인긴 삶 팔순에 이르렀구나"(「흰꼬리수리, 자맥질하다」)라는 시구 역시 그러하다. 새의 몸짓은 한 인간의 삶에 동사로 작동한다.

이는 사회적 상처와도 연결된다. 2024년, 12·29 제주항공 여객기 참사를 초점화한 「가창오리 깃털」은 "'엔진에 가창오리 깃털'이 발견되"었다는 뉴스 보도를 전한다. 하지만 참사의 원인 규명만 논하는 글은 시가 아니다. 이것이 시가 될 수 있는 연유는 결구 "오늘 '엔진에 가창오리 깃털'이 전서구(傳書鳩)처럼/생명을 전하고 있다" 때문이다. 참사는 논평으로 환원되지 않고 깃털의 전언으로 이행된다. 이러한 전환은 윤후명 시의 특징이라 할 수 있다. 그는 재난을 서둘러 해석해 시의 세계로 밀어 넣지 않는다. 깃털이 감당하는 무게조차 소홀하게 여기지 않는 것이다. 이러한 특징은 「그리운 벌레들」에도 이어진다. "풀무치, 여치, 베짱이, 풍뎅이, 메뚜기, 방아깨비, 무당벌레……"의 이름을 하나하나 외우는 일은 보잘것없다고 간

주되는 미물들의 개체성을 존중하는 흔치 않은 자세이다.

「윤동주문학관―자하문고개 2」에는 텅 빈 우물 앞에서 "지금도 나는 용정 먼 길을 돌아/자하문고개를 넘어 다닌다"라고 술회한다. 과거를 현재화하고, 현재를 과거화하는 시적 운용은 「이상(李箱)과 구보(仇甫)」에도 구현된다. "이상은 '날개'를 달고 일본으로,/구보는 '천변(川邊)'을 거쳐 북쪽으로 가버렸구나". 문학사의 주요한 이름들은 박제된 기념물이 아니라 갈림길 위에 드리워진 그림자로 사유된다. 문학 자체에 대한 탐구도 이루어진다. "자멸이 아름다울 수 있는가, 나는 묻는다/묻는 것이 내 문학이 된다/나는 내게 물음을 던지며 밤길을 간다/물음이 문학이라고 나는 내게 말한다"(「자멸파(自滅派)의 밤길」)라고 적는다. "시는 어디 있는가/시는 어디에"(「시는 어디에」)라고 묻는다.

일생을 바쳐 글을 읽고 쓴 작가가 마지막에 깨닫는 바가 문학에 대한 확신일 수 없다는, 질문을 거듭해나갈 수밖에 없다는 사실을 이보다 정직하게 말하기는 어려울 것이다. 그것은 전술하였듯이, 개인의 회고를 넘어 역사와 시대의 아픔으로 향한다.

> 그날 5·18이 지나고 있던 광주
> 흉흉한 이야기가 서울로 전해지고 있었다
> 나는 갓 옮긴 직장을 그만두고 글을 쓰겠다고

조근태 사장을 만나 이야기했다
아니, 이 시대에 어쩌려고?
[……]
그러나 나는 내 생각만을 우기고 있었다
사람들이 죽어나간다는 이 시대에 어쩌려고?
그러니까 그냥 앉아 있어서는 안 되겠다고
내 글을 써야겠다고 나는 거듭 밝혔다
그것이 나의 5·18
——「나의 5·18」 부분

　광주의 소식이 "흉흉한 이야기"로 서울에 전해지던 날, "나는 갓 옮긴 직장을 그만두고 글을 쓰겠다고" 말한다. 상대는 만류한다. "사람들이 죽어나간다는 이 시대에 어쩌려고?" 이에 시적 주체는 "흉흉한 시대일수록 글 한 줄 더 쓰리라/진실이 무엇인지 글 한 줄 더"라고 다짐한다. 이는 젊은 날의 결심이되, 그가 평생에 걸쳐 실천한 글쓰기의 주제 의식이기도 하다. 글이 위안을 초과하는 증언——진실의 에너지를 담아야 한다는——공고한 신념이다.

　또 한 편의 시, 「미얀마 지진」은 이를 오늘의 세계에 적용한다. "미얀마에 규모 7.7의 큰 지진/사망자 3천5백 명 넘어"라는 보도를 접하면서 시인은 "'버마 로드'"와 "일본 학병으로 끌려간 이야기"를 불러낸다. 외국에서 일어난 재난을 경유해 식민과 전쟁의 기억이 딸려 오는 것이다.

「그리운 조선」역시 비슷하다. 윤후명 시는 정치적 판단을 앞세우지 않는다. 대신 "나 역시 고향을 떠나 그리움을 안고 가지 않는가/어디로 가고 있는 게 아니라/그리움을 찾아가고 있었을 뿐이 아닌가"라고 쓸 뿐이다. 남의 나라 전쟁터에서 죽은 병사가 쓴 편지를 자기 문학의 원류인 고향을 그리는 마음에 접합한다. 추상적 보편주의가 아닌, 제 몸에 오래 새겨진 노스탤지어의 언어로 타인의 비극을 끌어안는 것이다.

팔순에 이른 그는 "인생의 페이지를 더듬는다/더듬는다, 더듬어지지도 않는다"(「팔순(八旬)에 이르렀다」)라거나, "긴 인생 무엇이었나/그러나 나는 이 나이에 오히려 울음을 잃지 않았는가"(「『논어』 읽기」)라며 노년의 애잔함이 깃든 은유로 표상된다. 그러나 「팔순 자화상」에서 시인은 "예전 모습은 어디로 가고 나타난 다른 얼굴/마르고 쭈그러진 모습"을 보면서도, "나는 아직도 '비단길'을 가고 있구나"라고 쓴다. 팔순 자화상에 붙인 제목이 "비단길을 향하여"라는 사실을 눈여겨볼 필요가 있다. 그는 멈춰서지 않는다. 늘 그랬듯이 계속 이동 중이다.

"한 번도 본 적 없는 그 물고기를 보기 위하여/논두렁 길을 가는 내가 여기 있으니"(「두렁허리에 대하여」)까지 덧붙이면 시집 『모루도서관』에서 총체적으로 구현되는, 생동하는 노년의 위상은 더 뚜렷해진다. 윤후명에게 팔순은 인생의 면면을 속속이 다 안다고 초탈하는 나이가 아니라, 아직 보지 못한 것을 보기 위한 나이라는 것이다. 여전히 그의 시는 미완의 성장 에너지를 내포한다. 지금까지의 삶을 미화하거나 일관되게 통어하려는 대신, 삶이란 끝까지 정리될 수 없다는 당연한 진실을 받아들인다. 완성되지 않음을 문학의 동력으로 삼아 윤후명은 일평생을 쉼 없이 걸었다.

3. 부재를 다시 보는 일

정화수 사발로 돌아가자. 거기에는 "뒤란 정화수 속 대관령에 기도하며/나를 바라"(「어머니의 정화수 1」)보는 어머니가 있다. 그런데 정화수 사발이 어느새인가 사라졌다. "정화수 사발을 다시 찾다가/없어진 모습을 새삼 다시 본다". 여기서 핵심은 시인이 없어진 것을 애타게 찾아 헤매기보다, 없어진 모습을 가만히 응시한다는 데 있다. 그러면서 그는 통감한다. "이제서야 깨닫는 것이다/큰 산이 거두어 갔음을 깨닫는 것이다/이것이 인생,/이라고 말해야 한다/이제는 미룰 수가 없다/이것이 인생이라고"(「어머니의 정화수 2」). 이때의 체념은 희망을 버리고 단념한 것이 아니라, 체념의 또 다른 의미인 도리를 깨닫는 마음과 같다.

없어진 것을 없어진 채로 보는 것, 사라진 자리를 다른 것으로 애써 덮지 않는 것, 없음으로써 존재하는 부재를 포용하는 것이 시인 윤후명이 보여주는 인생이다. 『모루 도서관』은 윤후명 문학이 자기 기원을 소급해가는 여정의 고백이다. 시에서 시작된 새와 별, 소설로 넓어진 실크로드와 떠돎, 전쟁의 둑방 길과 세계의 사막 길, 어머니의 정화수와 아내의 소맷자락, 직박구리와 흰꼬리수리, 김동리와 윤동주, 이상과 랭보, 광주의 상흔과 우크라이나의 편지까지, 모든 것이 한 곳으로 수렴된다. 그곳은 거대하고 화려한 자리와는 무관하다. 어머니가 장독대 앞에 떠놓던 정화수 사발의 자리일 따름이다. 윤후명의 시와 소설은 길게 돌아 그 자리에 도착한다.

처음에 이 시집에는 정화수 사발 하나가 맴돈다고 썼다. 이제 그 말을 조금 바꿔본다. 남는 것은 정화수 사발만이 아니다. 그것을 붙들어 인생을 문학에 바친 문인의 숨결이 고스란히 남아 있기 때문이다. "별들이 새가 되는 마을에서/새를 타고"(「새와 별과 시의 마을에 살다」) 시를 꿈꾸었고, 가깝고도 먼 땅—나와 타인의 사연—을 좇아 소설을 썼던, 마침내 "물음이 문학"(「자멸파(自滅波)의 밤길」)임을 통찰한 윤후명의 호흡. 문득 궁금해진다. 2025년 5월 8일 귀천한 그는 마침내 자신이 그토록 그리던 자리에 닿았는가. 떠나간 사람들, 떠날 수 없던 고향이 하나의 빛으로 겹치는 곳에 이르렀는가. 늘 품고 있었던, 나는 그리고

시는 어디에 있느냐는 질문은 비로소 해소되었는가. 아니,
어쩌면 하늘에서도 새가 된 별을 벗 삼아, 가야 할 또 다른
길을 예감하며 무언가를 쓰고 있지 않은가.